KB078510

귀환병사

요람 新무협 판타지 소설

FANTASTIC ORIENTAL HEROES

귀환병사 12

요람 新무협 판타지 소설

초판 1쇄 찍은 날 § 2014년 6월 25일
초판 1쇄 펴낸 날 § 2014년 7월 3일

지은이 § 요람
펴낸이 § 서경석

편집부장 § 권태완
편집책임 § 이효남

펴낸곳 § 도서출판 청어람
등록번호 § 제387-1999-000006호
등록일자 § 1999. 5. 31
어람번호 § 제2-2512호

주소 § 경기도 부천시 원미구 부일로 483번길 40 서경B/D 3F (우) 420-822
전화 § 032-656-4452 팩스 § 032-656-4453
http://www.chungeoram.com
E-mail § chungeorambook@daum.net

ISBN 979-11-316-9094-9 04810
ISBN 978-89-251-3414-7 (세트)

요람 新무협 판타지 소설

FANTASTIC ORIENTAL HEROES

귀환병사

12

청어람
도서출판

제105장 공성전(攻城戰)   7

제106장 소전신(小戰神)   73

제107장 일기토(一騎討)   111

제108장 접전(接戰)   141

제109장 혈투(血鬪)   161

제110장 지옥불(地獄火)   201

제111장 난입자(亂入者)   233

제112장 대분노(大忿怒)   255

제113장 대폭발(大爆發)   281

第百五章

공성전(攻城戰)

단문영이 하독한 독은 정말 엄청났다. 아니, 엄청나다는 말로도 설명이 부족했다. 그녀가 하독한 독은 북에서 불어오는 바람을 타고 남으로 흘렀다. 무색무취. 색도 없고, 냄새도 나지 않는 독이었다.

처음에는 목을 부여잡고, 두 번째는 심장을 움켜쥐었다.

그 다음은 눈, 코, 입을 포함한 칠공에서 피를 쏟았고, 피를 쏟은 이후는 그대로 앞으로 고꾸라졌다.

그 후 발작적인 경련을 일으키다가, 이내 움직임을 멈췄다.

이는 촌각.

겨우 발걸음 몇 번 떼는 시각이었다.

이 독이 바로 만독문 비전(秘典).

칠보단혼(七步斷魂)이었다.

단문영의 독공은 순식간에 남문에 주둔중인 북원군에 혼란을 야기시켰다. 안 그럴 수가 없는 게, 하루 종일 같이 웃고 떠들던 전우가 차디찬 바닥에 악취를 풍기며 시체로 변해 버렸으니 너무나 당연한 결과였다.

"들어가요."

"......"

담담한 말투였다.

무린은 너무나 차분한 그 말에 오히려 말문이 막혔다. 그러나 이미 단문영은 기수를 돌려 성문 안으로 사라지고 있었다.

무린도 천천히 기수를 돌렸다.

아마 조금 있으면 적의 수장이 명령을 내릴 것이다. 무슨 명령인지야 너무나 훤히 보였다.

무린과 단문영을 잡아라.

바로 이것일 것이다.

그러니 목적을 완수했으면 다시 성안으로 들어가, 문을 걸어 잠그는 게 옳은 일이었다.

성안으로 들어가자 비천대가 다시 문을 걸었다.

이미 마중 나와 있는 조장들.

그리고 군사.

"엄청나군요."

"……."

단문영은 무혜의 말에 그저 싱긋 웃기만 하고 대답은 하지 않았다. 그러나 일부러 대답을 안 한 것은 아니었다.

휘청.

"아……."

덥석.

순간 다리가 풀린 듯이 휘청거리고 스르르 무너지는 단문영이었다. 괜찮은 줄 알았더니 아니었던 것이다.

쓰러지는 단문영을 잡은 건 당연히 바로 뒤에 있던 무린이었다.

"단문영."

"……."

"단문영!"

"……."

무린이 부르고, 재차 목소리를 키워 불렀지만 단문영은 묵묵부답이었다. 하아, 무린은 한숨을 쉬었다.

왜 단문영이 쓰러졌는지 알 길이 없다.

"숙소에 눕혀놓고 오지. 군사, 지휘를 부탁한다."

"네, 알겠습니다."

무린의 말에 무혜는 고개를 끄덕였고, 무린은 다시 조장들에게 시선을 돌렸다. 시선이 멈춘 건 역시 관평이었다.

"무슨 일이 생기면 지체 없이 사람을 보내라."

"네."

쉭.

관평의 대답을 듣는 순간 무린의 신형이 제자리서 주르륵 늘어났다. 그리고 어느새 뚫린 길의 끝에서 나타났다.

극성의 무풍형이었다.

무린이 사라지자 짝짝! 박수를 친 무혜가 말했다.

"자, 작업을 계속하겠습니다. 관 조장님."

"알겠습니다."

무혜의 말에 관평은 곧바로 주변에 지시를 내리기 시작했다.

*　　　*　　　*

으음.

무린은 인상을 찌푸리며 식은땀을 줄줄 흘리는 단문영을 바라봤다. 하얗게 질린 얼굴이 현재 그녀의 상태가 매우 좋지 않다는 걸 보여주고 있었다.

"쯔쯔, 뇌문이 상처를 받았구먼."

길림성에서 모든 백성을 소거한 것은 아니다. 개중에 자신의 의지로 이곳에 남은 백성들도 있었다.

바로 눈앞에 눈처럼 흰 의원복을 입은 노인 같은 부류였다. 그는 한평생을 이곳 길림에서 보냈고, 이번 전쟁으로 자식과 손자를 잃었다고 했다.

복수심이 하늘에 닿을 정도로 분노가 쌓였지만 그 분노를 풀길이 없었다. 그러던 차에 길림성이 함락되자 자진해서 비천대를 돕겠다고 한 것이다.

무린은 이해했고, 무혜가 받아들였다.

의원의 존재는 중하다.

비천대 전부도 외상에 대한 지식은 있다.

그러나 지금처럼 내상에 대한 지식을 깊게 쌓은 비천대원은 없었다. 무린도 내상에 대해서는 지식이 얄팍했다.

"뇌문이면… 으음."

의원, 진걸의 말에 무린은 인상을 썼다.

단문영이 다친 부위가 상당히 좋지 않았기 때문이다.

"무슨 일이 있었던 겐가?"

"상단전을 사용하는 무공을 펼쳤소. 아마 그게 과했던 모양이오."

"으음……."

무린의 말에 진걸은 인상을 썼다.

그리고 마치 버릇처럼, 수염을 쓰다듬었다. 흰 수염은 마치 전설 속 관운장의 수염처럼 길게 자라 있었다.

"일단 침을 놓고, 뜸을 대고, 다음에 약을 써서 바로 잡아야 겠군. 기혈이 뒤틀리긴 했지만 심한 것은 아니니. 저녁쯤에는 정신을 차릴 게야."

"알겠소. 부탁드리오."

말이 끝나자 무린은 대답하고, 자리에서 일어났다.

자리에서 일어난 무린은 옆에 가만히 앉아 있던 려에게 시선을 돌렸다. 단문영이 여성인지라 려도 같이 부른 것이다.

"부탁드립니다, 아가씨."

"걱정 마세요."

무린의 말에 려도 고개를 깊게 끄덕이며 대답했다. 의원보다 먼저 찾아온 려는 전후사정을 전부 들었다.

과도한 상단전의 무공 사용.

려는 아마 진결을 잘 도울 것이다.

무린은 그 길로 다시 밖으로 나갔다. 밖으로 나오자 이미 해는 어둑어둑 지고 있었다. 남문으로 가니 아직도 비천대의 작업이 한창이었다.

곳곳에 크게 모닥불을 지펴놓고 신중하게 작업을 하고 있었다. 화약을 매설하는 일인지라 위험하지만 시간이 부족한 관계로 밤낮으로 돌아가며 일을 하고 있는 것이다.

그 작업의 선두에는 무혜가 있었다.

무혜는 곳곳을 살펴보고 신중하게, 정말 신중하게 지시를 내리고 있었다.

"윤복 조장님. 조금 얕아요. 좀 더 파서 넣어주세요."

"알겠습니다."

무혜의 말에 윤복은 다시 매설했던 지뢰를 빼고, 쇠막대기로 성벽을 후벼 팠다. 돌덩이를 파는 일이지만 내력을 운용해서 찍어 파내니, 돌가루가 우수수 날렸다.

거의 백명에 달하는 비천대가 성벽에 매달려 있었다.

줄을 가슴에 묶고, 그 줄을 성벽 위 고리에 걸어놨다. 그리고 혹시 모르니 비천대가 위에서 각 줄마다 대기를 하고 있었다.

물론 떨어진다고 해서 큰 사고를 이어질 가능성은 없다.

정말 위험한 건 화약이 터질 경우지만 다행히 비천대는 화약을 잘 다루고 있었다. 그런 비천대를 보고 있는데 무혜가 무린을 발견하고 다가왔다.

"아, 대주님. 오셨어요."

"그래, 작업은 얼마나 진행됐지?"

"오 할은 끝냈습니다."

"오 할이라."

그럼 반은 끝났다는 소리다.

이제 작업을 시작한지 사 일이 지났으니 이 정도면 꽤나 빠른 진척이다. 일반 병사로 작업을 진행했다면 아마 지금의 반에 반도 못했을 것이다.

아니, 애초에 성벽을 파내는 게 불가능하니 실현가능성이 전혀 없는, 처음부터 이런 작전은 생각도 안했을 것이다.

"전부 끝나려면 얼마나 걸리지?"

"성벽에 작업은 사일에서 오일 정도로 생각하고 있고. 그리고 이제 적을 유인할 방책을 만드는 데 한 오 일 정도 생각하고 있습니다."

"적어도 십 일이군."

"네."

무린은 턱을 주억거렸다.

총 십 일이다.

무린은 생각해 봤다.

'십 일 동안 적의 공격이 없을까?'

곧바로 고개가 저어졌다.

대충 이 시간이면, 단문영이 터뜨린 독으로 인한 혼란에서 어느 정도 벗어났을 것이다. 그렇다면?

무린의 생각을 읽었는지 무혜가 먼저 말해왔다.

"내일은 아마 공성전을 걸어 올 겁니다."

"공성병기가 대충 준비됐을 시기가 지났으니."

"예, 그러니 먼저 장군전도 걸어왔겠지요. 아군의 사기를 높이려고. 아마 저희가 이렇게 나올 것이라 예상은 못 했겠지요."

"그렇겠지."

낮의 도발은, 의도된 도발이었다.

비천대가 반응하지 않을 것이라 생각하고 아군의 사기를 높일 생각이었던 것이다. 아군이 장군전을 거는데, 적군은 장군전에 응하지 않는다.

그건 곧 아군의 사기 상승효과를 불러올 것이다.

겁먹었다고 생각할 테니 말이다.

하지만 비천대는 반응을 해버렸고, 오히려 사기를 꺾어 버렸다. 그걸로 오늘 걸렸어야 할 공성전이 미뤄졌다.

무혜가 괜히 단문영이 나가도록, 무린이 나가도록 허락한 게 아니었다.

"공성전이 걸리면 최소 이틀은 더 잡아먹겠군."

"네. 저는 그래서 최소 이 주로 보고 있습니다."

무린의 혼잣말에 무혜가 대답했고, 무린은 고개를 끄덕였다.

무린의 생각도 그랬다.

최소 이 주다. 그 시각이 지나면… 무혜가 계획한 작전이 시작될 것이다.

남은 것은 그 시간을 버는 것.

좋아.

'나쁘지 않군.'

상황은 순풍을 탔는지, 거침없이 흘러가고 있었다. 물론 아군에게 좋은 방향으로 흘러가고 있었다.

"내일은 공성전이 있을 같으니 작업은 여기까지 하겠습니다."

"그러도록."

무혜의 말에 무린은 고개를 끄덕였다. 섣부른 판단일지도 모르지만 무혜의 말은 여태 단 한 번도 틀린 적이 없으니 무린이 고개를 끄덕인 것이다.

이미 술시가 반이나 지나 있었다.

이제 저녁을 먹고, 쉬어야 할 때였다.

그렇게 단문영이 너무나 파격적인 모습을 보여준 하루가 지나고 있었다. 물론, 무린의 하루는 아직도 끝나지 않았다.

*   *   *

"괜찮나?"

"네……."

무린의 물음에 단문영이 기운 없는 목소리로 대답했다. 얼굴이 하얗게 질린 것이, 마치 희극 공연을 위해 분장을 한 것 같았다.

"과한 무공 사용인가?"

"네. 제아무리 상단의 무공이라도… 한계는 있는 법이거든요."

"음……."

무린은 고개를 끄덕였다.

맞는 말이다.

제아무리 상단을 쓴다고 해서 한계가 없는 것은 아니었다.

지금은 정말 십 보 전진한 무린의 삼륜공도 분명히 한계가 존재했다. 그런 것처럼 단문영이 익힌 혼심독 외에 상단 무공도 한계가 있었을 것이다.

그런데 그걸 무시하고 써댔으니, 멀쩡하면 그게 오히려 이상한 일인 것이다.

"너무 무리하지 마라."

"괜찮아요."

"이번에는 허락했지만, 다음에는 절대로 허락하지 않겠다."

"네."

이 둘.

서로 뗄레야 뗄 수가 없는 사이다.

혼심, 비익공으로 목숨을 공유하기 때문이다.

이번에 만약 잘못 됐으면 단순히 단문영 하나 죽는 걸로 끝나지 않을 것이다.

단문영이 죽는 순간, 무린의 목숨도 같이 떨어졌을 것이다.

그래서 이후, 무린은 단문영이 오늘처럼 고집을 부린다면 결코 받아주지 않을 것이라 다짐했다.

하나 그거야 무린의 생각이고.

"하지만 저도 사람인지라, 그 약속을 지킬 자신은 없네요."

하얗게 질린 낯짝으로 그렇게 말하는 단문영이었다. 아마, 다음에도 단문영은 나설지도 몰랐다.

만독문이라는 울타리 안에서 평생을 살다가, 단문석이 죽은 이후 처음 세상으로 나온 게 단문영이다.

그전까지 그녀가 알던 세상은 입에서 입으로, 차다 못해 넘칠 정도로 각색된 세상의 이야기만 들은 그녀다.

그러니 아마, 다음에 이런 상황이 오면 또 제멋대로 행동할 가능성이 농후했다. 그러나 그래도 괜찮다.

눈앞의 상대가 무린이기 때문이다.

단문영의 말에 무린은 눈 하나 깜빡하지 않았다.

무린의 입이 조용히 열렸다.

"약속하지 않아도 좋다. 내가 힘으로 막을 테니까."

"후후."

무린의 고저 없는 말에 단문영은 맥없이 웃었다. 결코 허언을 내뱉지 않는 남자가 무린이니, 아마 다음에 자신이 오늘과 같이 행동한다면 정말로 혈을 집어 기절을 시킬 사람이란 것을 알기 때문이다.

　물론 그 이유야 자신이 위험하기 때문이다.

　그러나 그 속으로 더 들어가면 무린 본인도 위험하기 때문에 하는 행동이다. 그것을 알기 때문에 힘 빠진 웃음이 나온 것이다.

　그렇게 웃은 단문영.

　그녀의 귀로 무린의 다짐이 재차 박혔다.

　"반드시 막겠다. 앞으로 절대 당신의 돌발행동은 받아주지 않을 것이다."

　그것은 단문영에게 말했지만, 마치 본인의 가슴에 새기는, 그런 말투였다. 단문영은 그러니 또 웃을 수밖에 없었다.

　그리고 할 말은 하나밖에 없었다.

　"그래요. 그렇게 해요."

　"그럼 쉬도록."

　"잠시만요."

　"음?"

　나가는 무린을 단문영이 잡았다.

　"아니, 아니에요."

"……."

단문영의 그 말에 무린은 즉시 일어났다.

그리고 조잡한 천막의 휘장을 걷고 나갔다.

"……."

나가는 무린의 등 뒤를 단문영은 가만히 바라봤다. 한참을 오랫동안 바라봤다.

정제되지 않은 감정 덩어리가 느껴졌다.

뭐지.

이 기분은.

단문영은 자신의 가슴속에 알 수 없는… 묘한 열기가 피어오르는 것을 느꼈다.

'사랑?

그 생각과 동시에 단문영의 고개가 곧바로 저어졌다.

아니었다.

단문영은 똑똑한 여인이었다.

그래서 자신의 감정이 무엇인지, 명확하게 판단을 내리고 있었다.

지금까지는 말이다.

하지만 지금처럼 서늘한 감각은 대체 왜 그런 건지, 단문영은 확실한 답을 내리지 못했다.

'질투?

그의 가슴속에 조용히, 티 안 나게 자리 잡고 있던 려 소저처럼 대해주지 않기 때문에?

그녀를 보는 것처럼 자신을 바라봐 주지 않아서?

아니.

아니다.

이번에도 단문영의 고개는 좌우로 움직였다.

그렇다면 뭘까.

'서운함?

아…….

찌릿 하는 가슴이다.

저릿한 마음이다.

단문영은 '이거구나' 생각했다.

'매몰찬 그의 말.'

강제로 막겠다는 말.

자신의 목숨이 사라지면, 그 자신의 목숨도 같이 사라지니 막겠다던 말. 그게 문제라는 생각이 들었다.

그건 자신이 걱정되서가 아닌, 그 자신을 걱정해서 그런 말이 나왔기 때문이다.

단문영은 이렇게 생각했다.

'읽을… 아니, 아니야. 약속했잖아. 읽지 않기로.'

마음만 먹으면 지금 무린의 생각을… 마음을 읽는 건 정말이 자리서 일어나는 것보다도 쉬웠다.

범인에겐 절대로 불가능한 일이지만, 단문영에게는 무린 하나만 한정으로 너무나 당연한 일이었다.

하지만 단문영은 읽지 않기로 했다.

왜?

약속했기 때문이다.

약속이라는 것은, 그렇게 가벼운 단어가 아니었다.

특히나 강호인들에게 약속은.

천금보다 무거운 것이라고 배운 단문영이었다.

그런 그녀는 처음 무린을 따라나설 때, 약속했었다.

정말 특별한 상황이 아니라면 절대 무린의 생각을, 마음을 읽지 않겠다고.

그렇게 분명 약속을 했다.

까득.

으득.

그러나 지금 이 순간 단문영은 흔들렸다. 자신의 서늘한 가슴이, 무린의 냉정한 말 때문이라는 것을 깨닫자마자 흔들리기 시작했다.

알고 싶은 마음이 들었다.

그의 속마음이.

정말 나보다, 자신 본인의 목숨이 중요해서 그런 말을 한 건지. 정말 왜인지 모르게 지금 이 순간.

갑자기 그게 너무나 궁금해진 단문영이었다.

급속도로, 여태껏 그 약속을 어긴 적이 없던 단문영은 정말 문자 그대로 급속도로 흔들리기 시작했다.

'읽을까? 모를 거야. 분명… 모를 거야.'

속삭이는 마음은, 분명 자신의 나쁜 본질적 마음일 것이라 생각했다. 단문영은 그 또한 알아차렸다.

본질에서 나오는… 착한 마음은, 속삭이지 않았다.

나쁜 마음만 계속해서 속삭였다.

읽자.

읽어도 돼.

그는 모를 거야.

단문영은 이를 악물었다.

누가 보면 참으로 불쌍해 보였겠지만. 이는 사실 참으로 웃긴 현실이다.

단문영이 누군가. 무린을 파멸시키려 했던 장본인이다.

강호에서 복수는 당연한 것.

그 당연한 것을 이유로 무린을 죽이려고 했던 게, 마음을 아예 나락으로 끌어내리려 했던 게 바로 단문영이다.

그런 그녀가 중간에 변심해 무린과 함께하고 있는 것도 사실 이해가 안 되는 일이거늘. 지금 이 순간 또 이런 생각을 하고 있다.

누가 봐도.

그 어떤 이가 들어도 결코 이해해 주지 않을 것이다.

하지만 좀 더 다방면으로 생각을 하는 사람은 어쩌면 이해할 수도 있는 게 지금 단문영의 모습이었다.

사람이지 않은가?

그래.

그런 이유였다.

인간은 생각을 하기 때문에 인간이다.

수도 없이 많은 사고(思考)의 영역이 있고, 촌각마다 생각이 변하는 게 인간이지 않은가?

그렇게 생각한다면 지금 단문영의 모습은 결코 이상한 것도 아니었다.

아니, 지극히 정상으로 봐야 했다.

그러나 중요한 것은 지금 단문영의 마음은, 생각은 결코 정상적인 범주 안에 있지 않다는 것이다.

열에 일곱에서 여덟은 이렇게 생각할 것이다.

미친년.

만약 행했다면 말이다.

"아……."

행했다.

이제 단문영은 세인이 들으면 대부분이 손가락질을 할 일을 하고 말았다.

무린의 생각을, 마음을 읽은 것이다.

그러나 탄식.

탄식이 나왔다.

결과는… 까드득.

이를 악무는 그녀의 행동에서 알 수 있었다.

그녀의 이번 선택은, 결코 그녀에게 이롭지 않은 선택이었다.

*　　　　*　　　　*

그런데 그걸 무린도 느꼈다.

꿈틀.

마음속에 잠재되어 있던 응어리가 갑자기 뱀처럼 꾸물거린 것을 느낀 것이다.

그건 마치 찰나간 깨달음을 얻는 것처럼, 너무나 급작스러운 움직임이었다.

그래서 무린은 인상이 급속도로 팍 찡그려졌다.

"왜 그러신지요?"

"아니, 아니다."

걱정스러운 어조로, 그리고 얼굴을 한 무혜의 말에 무린은 고개를 저으며 대답했다.

무린이 대화 중 갑자기 인상을 찡그렸으니 무혜의 질문이야 당연했다.

그러나 그걸 곧이곧대로 얘기하는 무린도 아니었기 때문이다.

'단문영.'

무린은 즉시 알아차렸다.

꿈틀거리자마자 이륜이 급속도로 반응을 했다. 그리고 심, 그 광활한 영역 곳곳을 누비고 다니며 범인을 찾았다.

그러나 아무것도 걸리지 않았다.

마음을 병들게 하는 모든 것을 찾고, 막아내고, 침투했어도 몰아내는 이륜은 아주 열심히 돌아다니기만 했을 뿐, 그 범인을 찾지 못했다.

그러나 무린은 알고 있었다.

이륜에 걸리지 않는, 유일한 불가해의 무공을 말이다.

혼심독이었다.

"오라버니."

"음? 음……."

사적인 자리기에 무린을 대주가 아닌 오라버니라 부르는 무혜. 그에 무린은 대답을 했지만 여전히 얼굴은 펴지지 않았다.

어겨진, 갑작스럽게 산산조각 난 약속에 기분이 매우 불쾌했기 때문이다.

그러나 무린은 금세 냉정을 찾았다.

지금은 눈앞의 군사이자 동생과 담화 중이었기 때문이다. 물론 평범한 담화는 아니었다. 비천대의 앞으로의 행보에 대한 담화였다.

"미안하다."

"무슨 일인지요."

다시금 예전의 말투로 돌아간 무혜였다.

그러나 이제 익숙하기에 무린은 그냥 신경 쓰지 않았다.

다만 부드러운, 자기 딴에는 최선을 다해 정말 별것 아니라고 대답을 했다.

"그냥 갑자기 두통이 났을 뿐이다. 그보다 작업의 진행상황은 어떠냐."

"순조롭습니다. 빈집을 뜯어내 방책으로 쓸 목재도 충분히 나왔습니다."

"적의 동향은?"

"내일은 피가 흐를 것이라 생각됩니다."

"그렇지. 내일은 공성전이 있을 것이라 했지."

"예."

"후우… 아, 이런."

이것은 분명, 아까 무혜와 나눴던 얘기였다. 그리고 그걸 무린은 지금 깨닫고는 피식 웃고 말았다.

정신이 없던 것이다.

했던 대화를 또 나눴다는 것 자체가 그걸 증명했다.

무린은 무혜를 바라봤다.

무혜는 여전한 눈빛으로 무린을 보고 있었다.

"미안하다."

그리고 나온 무린의 말은 역시나 사과였다.

그에 무혜도 역시나 고개를 저었다.

그리고 가만히 무린을 바라보기만 했다.

눈치가 진짜 없는 게 아니라면 지금 무혜의 눈초리가 무엇을 뜻하는지 알 수 있을 것이고, 무린도 결코 눈치가 없는 편이 아니니 금방 알아차렸다.

그러나 말해줄 수 없는 노릇이다.

비천대, 그중 조장들에겐 이미 단문영과 무린의 사이는 절대로 비밀이라고 못 박아 두었으니 세어나갈 일은 없다.

단문영이 말하거나. 아니면 무린이 말하지 않는다면 결코 무린과 단문영의 현재 사이를 무혜나 무월, 려가 알 수 있는 방법은 없었다.

그리고 지금도 무린은 말해 줄 생각이 없었다.

현실적으로 생각해서.

가족에게 자신의 목숨을 저당 붙잡고 있는 여인이 있다고 어떻게 말하겠는가. 그리고 말을 할 생각이었다면, 지금 말해야 했다.

처음 무혜와 무월, 그리고 려가 단문영을 만난 그날 말했어야 했다.

시기도 이미 놓쳤다는 소리다.

그러니 지금은 더더욱 말 할 수 없었다.

"요즘 생각할 게 많아서 그런지 정신이 너무 없구나."

"이해합니다."

무린의 말에 무혜는 고개를 끄덕여 긍정의 표정을 지었다.

아닌 게 아니라 무린의 지금 말도 사실 변명이지만 그렇다고 틀린 말도 아니었다.

아무리 군사의 자리에 무혜가 들어왔고, 무린이 신경 쓸 것을 무혜가 담당하기 시작했다고 해도 근본적으로 무린이 아무런 생각을 안 하게 된 것도 아니었다.

무린은 대주였다.

비천대의 대주. 그러니 당연히 작전을 무혜가 짜도 그 작전에 대한 전체적인 가능성을 살펴보고 결정을 내리는 것도 무린의 몫이었다.

군사라고는 하지만 무린의 허락이 떨어지지 않으면 결코 작전이 실행되지 않는다는 소리다.

이번 작전도 마찬가지다.

길림성의 병력이 거의 없고, 진입도 피 흘리지 않고 할 수 있고, 퇴각도 피 흘리지 않고 가능하고, 도와줄 수로연맹의 존재도 있지 않았다면 결코 이번 작전을 수락하지 않았을 것이다.

정말 이건 절대적으로였다.

결코, 무린은 허락하지 않을 것이란 소리다.

그 이유는 당연히 비천대를 그만큼 무린이 아끼고, 그 피를 최소화하기 위해서였다. 그런 무린의 상황을 무혜도 알고 있었다.

그러니 저 변명에 그냥 고개를 끄덕인 것이다.

"그러면 저는 먼저 일어나겠습니다."

"그래, 미안하구나."

"아닙니다. 오라버니도 오늘은 일찍 쉬시지요."

"그러마."

무혜가 고개를 숙이고는 밖으로 나갔다.

나가는 무혜. 무린의 시선에 동생의 가녀린 등이 보였다.

저 작은 등으로, 군사의 자리를 꿰찼다.

그리고 어마어마한 중압감을 매일매일 받고 있었다. 그런 동생이 대견하다 못해, 무린은 안타까웠다.

'음…….'

그 순간 무린은 속으로 침음을 흘렸다.

또다.

또 뭔가 이상했다.

분명 무린이 생각하던 건 이게 아니었는데, 갑작스럽게 무혜에게로 넘어갔고, 정말 진지하게 무혜의 걱정을 했다.

"혼심……."

부지불식간에 그 이유를 무린은 소리 내어 말했다.

오랜만에 느꼈기에, 금세 알아차리지 못했다.

혼심이 움직인 것이다.

"단문영……."

무린의 눈동자가 차갑게 가라앉았다.

그 눈동자에는 감출 수 없는 서릿발 같은 기세가 서려 있었다. 팍! 자리를 박차고 일어난 무린은 곧바로 방을 나갔다.

그리고 거침없이 걸었다.

그 걸음이 향하는 곳의 종착지엔 당연히… 단문영이 있었다.

*　　　*　　　*

사시 초.

무린은 성벽에 무혜와 함께 서 있었다.

그리고 그 주변으로 당연히 비천대 조장들도 모였다. 비천대 조장들이 전부 모이자 무혜가 성 밖을 가리키며 말했다.

"벌써 점심 준비를 들어가는 걸 보니 오늘 공격해 올 모양입니다."

"흠흠. 고기 냄새가 나는군. 후후 이거, 너무 얕잡아 보이는데?"

무혜의 말에 백면이 코를 킁킁 거리더니, 피식 웃으며 말했다.

백면과 무혜의 말처럼 성 밖 북원군의 진지에서는 연기가 모락모락 올라오고 있었다.

여태까지 북원군은 거의 사시 말에서 오시쯤에 점심을 준비했다. 그런데 지금은 그보다 일찍 점심 준비를 하고 있었다.

이유야 당연히 하나밖에 생각나질 않았다.

"잘 먹이고, 힘쓰라는 의미지. 피식, 어처구니가 없군."

마예도 어이가 없는지 얼굴에 숨길 수 없는 비웃음을 매달고 말했다. 비천대는 전쟁을 지겹도록 겪은 이들이다.

당연히 공성전도 겪어봤다.

공격이 있는 날은, 나오는 식사의 질이 달라진다.

거의 기본적인 것만 나오다가 갑자기 육류가 주를 이루는 식단이 나온다면 그 뜻은 오직 하나다.

바로 그날, 전투가 있을 거란 뜻. 이것밖에 없었다.

"먹고 소화 좀 시키고 하면… 미시 말이나 신시 초쯤 시작되겠군."

무린의 말이었다.

대략적인 공격시기가 언젠지 감을 잡을 수 있었다.

무린의 말에 무혜가 덧붙였다.

"신시에 공격해 올 겁니다. 준비를 할 시간도 필요하니까요."

"그럼 우리도 지금 식사를 하는 게 좋겠군."

"예. 이미 지시를 내려뒀습니다."

"잘했다."

무린은 가볍게 고개를 끄덕였다.

"그럼 식사 후 다시 모이도록 하지. 관평."

"네, 준비시켜놓겠습니다."

"좋아."

끄덕.

무린은 가볍게 고개를 끄덕였다.

무혜와 관평의 존재가 무린이 할 일을 많이 줄여줬다.

그에 어깨가 조금은 가벼워졌다. 전투에 집중할 수 있는 여건이 만들어졌다는 소리다.

이건 굉장히 좋은 현상이었다.

무린이 먼저 성벽을 떠나자 비천대 조장들도 하나둘씩 자리를 떠났다.

그리고 신시가 시작되고 얼마 지나지 않아 무혜의 말처럼 북원군이 슬금슬금 다가오기 시작했다.

가장 앞에는 당연히, 공성루와 충차가 그 위용을 뽐내며 전진하고 있었다.

"다행히 투석기는 안 보이는군."

"시간적 여유가 없었을 것입니다."

"그럼 눈에 보이는 충차와 공성루가 전부겠군."

"그럴 것입니다."

"하늘이 돕는군. 만약 남문이나 서문으로 공격해 왔다면 위험했을 텐데."

"길림성의 북문이 허술하기 때문일 겁니다. 이미 이곳을 함락할 때 북문을 공략했으니 당연히 북문은 견고하지 못할 것이라 생각할 테니까요. 실제로 북문은 약합니다. 충차로 제대로 공격해 온다면 반 시진이면 무너질 겁니다."

"남문이나 서문으로 공격해 올… 성동격서일 가능성은?"

"적어도 오늘은 아닐 겁니다. 오늘 공격은 온전히 북문에 집중될 것입니다."

"공성병기의 부족 때문이겠지?"

"아마도 그럴 것입니다."

아마도.

애매한 말이다.

그러나 무혜는 그런 말을 쓸 수밖에 없었다.

적진을 염탐하지 못했기 때문이다.

무리하면 가능이야 하겠지만 그랬다간 염탐꾼의 역할을 맡을 자의 목숨을 장담할 수 없기에, 무혜는 그저 추론밖에 할 수 없었다.

"가까워졌다. 무혜, 내려가 있어라. 지금부터 상황은 내가 통제하겠다."

"예."

무혜는 군말 없이 무린의 말에 순순히 고개를 끄덕였다. 그럴 수밖에 없는 게, 무혜는 무공을 익히지 않았다.

비천대 몇몇을 무혜를 지키는데 써도 되겠지만 그건 곧 전력의 낭비다. 결국에 전투가 시작되면 있어봐야 방해만 된다는 소리다.

무혜가 내려가자 무린은 성 밖으로 시선을 돌렸다.

거대한 충차가 가장 먼저 눈에 띄었다.

"저것 먼저 부숴야겠군."

가볍게, 가볍게 나온 그 말에 무린의 옆에서 후후 하고 웃음소리가 들렸다. 새하얀 가면으로 얼굴을 가린 백면이었다.

"내 갔다 오겠소."

"부탁하지."

무린은 그걸 굳이 말리지 않았다.

다른 비천대원이 말했다면 미친 소리라 치부했겠지만 백면은 무린 자신과 버금가는 무인이라는 것을 알기 때문이다.

더욱이 충차는 두꺼운 나무로 성문을 부수는 공성병기다. 완전히 부숴야 하니 그 역할에는 백면이 전부였다.

물론, 그렇다고 무린도 가만히 있을 생각은 아니었다.

무린의 시선이 충차의 양 옆, 조금 후미에서 전진해 오고 있는 공성루가 보였다.

흔히 정란이라고 불리는 공성병기다.

그 옛날부터 사용되었던, 바퀴달린 거대한 망루를 만들어 그 안에 궁수가 들어가 성벽을 타는 아군을 보호하기 위한 공성병기.

북원군은 시간이 없으니 가장 보편적인 공성병기를 만들었을 뿐이었다. 하지만 그렇다고 저 정란이 위험하지 않다는 것은 아니다.

저안에 숙련된 궁수가 들어가면 그것보다 무서운 것도 없다.

정란의 수는 총 여섯 대.

여섯 대면 그 안에 못해도 수백이 들어간다. 그리고 시간차로 공격을 하면 촌각에 수백 발의 화살이 날아온다는 소리다.

위험하기 그지없는 놈이다.

반드시, 반드시 부숴버려야 할 놈이었다.

그래서 무린은 공성전이 시작되기 전, 저 정란 여섯 대를 박살 내버릴 생각이었다. 그 위험한 임무를 맡아줄 사람은 비천대에 백면 말고 딱 한 명이 더 존재했다.

이제는 한 자루의 검이 된 노검객.

"노사님."

남궁유청이다.

무린의 부름에 시선을 정란에 고정시키고,

"좌측의 세대는 내가 맡겠네."

"감사합니다."

무린은 가볍게 감사의 예를 취하고, 우측의 세대를 바라봤다.

무린이 정리해야 할 정란은 남궁유청과 마찬가지로 세 대다.

"관평."

"네, 대주."

"엄호를 부탁한다."

"네, 걱정 마십시오."

관평의 든든한 대답을 듣고, 무린은 철창을 풀어 손에 쥐었다.

흑철의 서늘함이 전신이 타고 내달렸다.

그리고 그 서늘함은 이내, 전투 직전의 끈적끈적한 긴장감으로 변했다.

수없이 많은 전투를 치른 무린이지만 항상 전투 전에는 긴장감이 스멀스멀 기어 올라온다.

후우…….

나가는 무린의 한숨에, 비천대는 물론 북문 쪽으로 집결한 청연군, 그리고 수로연맹의 무인들도 덩달아 긴장을 하기 시작했다.

하늘도 아는지, 맑았던 하늘에 구름이 끼기 시작했다.

순식간에 해를 가리고 어둑해지는 길림의 대지.

그 어둠을 밝히는 맑은 바퀴가 떠올랐다.

기잉.

기이잉.

무린의 삼륜이었다.

이마 앞으로 현신해 둥둥 떠올라 세상을 밝히기 시작하자, 무린의 눈이 번쩍 떠졌다.

"가자."

턱.

무린의 성벽 위로 올라섰다. 그러자 그런 무린의 옆으로 백면과 남궁유청이 나란히 섰다.

후우…….

심호흡 한 번.

슥.

무린의 발이 한 발 나가고, 급격히 아래로 떨어지기 시작했다.

급격한 하강.

촤아악.

바람을 가르고 쿵! 소리를 내며 지면에 안착한 무린.

그런 무린의 옆으로 거의 동시에 쿵! 쿵! 하고 울렸다.

백면과 남궁유청도 내려선 것이다.

다치진 않았을까?

그런 걱정 따위는 하지도 않은 무린이다.

그저 시선을 전방으로 고정하고, 삼류의 막대한 내력을 발바닥의 용천으로 보냈다.

쾅! 지면이 긁히고 파였다.

무풍형의 극성 이동, 그 내력이 파헤친 것이다.

타다다닷!

순식간에 삼 인이 갈라지듯이 사라졌다.

무린의 전면에 어느새 목표로 잡은 정란이 보였다. 그러나 정란의 주변에 있는 북원군은 만만치 않았다.

그리고 기세도 심상치 않았다.

하지만 심상치 않을 뿐이지, 무린에게 두려움을 줄 수는 없었다.

약하다.

무린을 죽일 뻔했던 악마기병, 초원여우들과는 급이 달랐다.

그들이 상급이라면, 이들은 하급이다. 중급도 되지 못한 하급 말이다.

"흐읍."

지척까지 다가간 무린의 입으로 공기가 빨려 들어갔다.

그리고 다물어진 입.

무린의 철창이, 밝은 빛을 토해냈다.

어느새 끝에 맺힌, 맹렬히 회전하고 있는 바퀴.

이제는 그저 아지랑이가 아닌, 형상의 모습을 갖춘 무린의 창기(槍氣)가 밝지만, 절망적인 파괴성을 세상에 내보이기 시작했다.

막아!

회전하는 우윳빛 창기가 가져올 상황이 예측이 간 모양인지, 북원군의 무인 하나가 경호성을 터뜨렸다.

동시에 무인 네다섯이 무린을 향해 급히 몸을 날렸다.

피식.

'막을 생각이면, 철창에 아예 맺히게 하지도 말았어야지.'

이 상황에서도 무린의 뇌리에는 비웃음이 스쳤다.

스산함이 가득한 비웃음이 절정에 달했을 때, 어느새 무린의 철창은 하늘 높이 떠 있다가 급격하게 지상으로 떨어졌다.

"하압……!"

웅웅. 천지가 진동할 기합과 함께 바퀴가 쏘아졌다.

퍼격!

정면에 있던 무인 하나를 아예 갈가리 찢어버렸다.

사지육신이 비산하고, 붉은 피를 사방에 토해냈다.

그 장면은 공성전의 시작을 알리는 너무나 명쾌한 신호였다.

하나 무린의 창기는 겨우 그걸로 사그라지지 않았다.

그 기세와 파괴력은 조금도 죽이지 않은 채, 정란을 향해 무시무시한 기세로 쏘아져갔다.

챙!

하고 기형도로 후려쳤지만, 그극! 소리를 내다가 팅! 하고 갈가리 쪼개진 쇳조각과 함께 튕겨나갔다.

무인이니 자신이 가진 모든 내력을 모아 후려쳤음에도 결코 오히려 무린의 창기가 밀어내 버린 것이다.

이것은 월등한 내력의 차이가 아니라면 결코 일어날 수 없는 일이었다.

콰가가각!

대신, 방향은 조금 바뀌었다.

지면 위, 성인 허리어름의 위치에서 쏘아지던 창기가 바닥으로 향한 것이다. 그에 지면을 마구 긁어버리기 시작했다.

귀에 거슬리는 소음을 동반하니 모든 북원군의 무인들의 시선이 그쪽으로 쏠렸다.

아니, 무인뿐만이 아닌 정란 위에 있던 궁수들도, 주변의 병사들까지 전부 그 창기에 집중을 했다.

"막아!"

"몸이라도 던져서 막아야 된다!"

거친 북방어로 소리치는 게 들렸다.

무인이 이곳에 배치됐다는 것은 반드시 지켜야 하기 때문이다.

그런데, 눈으로 보기에도 심상치 않은 무린의 창기가 가장 앞에 있던 정란을 향해 거침없이 쇄도해 가자 비명과도 같은 외침을 터뜨린 것이다.

"흐아압!"

쩌정!

가가각!

푸확!

하나의 기합과, 세 가지의 파열음이 동시에 들렸다.

무인의 대장으로 보이는 자의 외침에 호응했던 북원무인 하나의 마지막을 장식하는 소리들이었다.

기합을 뱉으며 무린의 창기를 후려쳤다.

쩌정! 하고 공기가 터지는 소리가 들렸고, 창기가 그 후 거침없이 북원무인의 무기는 물론 내력까지 쪼개버리기 시작했다.

마지막은 창기가 결국은 그 모든 것을 갉아먹고, 북원무인의 육체마저 갈가리 파헤쳐 버리는 소리였다.

우웅!

그럼에도 무린의 창기는 죽지 않았다.

진심전력을 모아 뿌려낸 창기였다.

무린의 지금까지의 생사의 고비를 겪으면서 얻은 심득과, 힘이 응집되어 있다고 해도 과언이 아닌 놈이란 소리다.

쩌저정!

막아!

후려쳐라!

방향이라도 바꿔!

아비규환이 따로 없었다.

북원무인들이 미친놈처럼 달려들어 무린의 창기를 후려

쳤다.

그리고 그게 통했음인가? 무린의 창기가 바닥에 처박혀 사라졌다.

"큭."

그러나 무린은 전혀 실망하지 않았다.

어차피 쉽게 정란을 부술 수 있을 거라는 생각은 하지 않았다.

힘든 일이다, 이건.

무린 정도의 무력이 아니라면 결코 상상도 할 수 없는 일이다.

하지만 무린이기에 가능하니, 내려와 있다.

"……."

"……."

한바탕 소동을 만들어낸 무린에게 다시 시선을 돌린 북원 무인들과 병사들은 곧바로 침묵할 수밖에 없었다.

다시금 우윳빛으로 물들어 있는 무린의 철창.

그리고… 너무나 서늘한 미소를 머금고 있는 무린.

그래, 이건 첫 번째 창기에 달려들어 한눈을 판 대가였다. 무린 정도의 무인이면, 이 정도 틈만 주면 다시금 만들어내는 게 가능했다.

아니, 이런 발출이 가능하니 애초에 무린이 내려온 것이다.

"한 번으로 끝날 줄 알았나?"

무린은 담담한 어조로 말한 후 대답을 들을 생각도 없이 다시금 창을 위에서 아래로, 너무나 간단한 동작을 펼쳤다.

촤라라락!

그런 지극히 간결한 행동에 이번에는 좀 더 다른, 마치 그물과도 같은 무린의 창기가 풀려 나오기 시작했다.

콰가가각!

땅, 돌, 무기, 그리고 사람.

무린의 창기는 거침없이 모든 것을 베어버리고, 정란을 뒤덮었다.

사악.

그리고 아주 깔끔한 소리와 함께, 정란의 밑 둥을 그대로 토막 내어 버렸다.

끼이익! 끼이이이이……!

귓가를 파고드는, 소름끼치게 짜증나는 소리와 함께 정란이 무너졌다.

그리고 그 위에 타고 있던 북원궁수들을 모조리 지면으로 강제 낙하시켜 버렸다.

쿠웅!

거대한 나무가 쓰러지는 둔탁한 소리가 나고 먼지구름이 잔뜩 피어올랐다.

그에 북원무인, 병사들은 물론 무린까지 잠시 시야에서 강제로 모습을 감추게 만들어 버렸다.

그러나 그곳에 있던 모든 북원군은 무린이 어디 있는지 알 수 있었다.

먼지구름 사이로 비치는 우윳빛 아지랑이.

웅웅.

공기의 진동.

그리고 강렬히 번뜩이며, 이 대지 위 모든 자들의 뇌리에 각인되어 버린 안광(眼光).

그게 무린이 어디 있는지 너무나 명확히 보여줬다.

그러나 그 누구도 무린에게 선뜻 다가가지 못했다.

                    *   *   *

크하하하하!

포효하는 무인이 있었다.

지독히 어두운 묵광을 품은 두 눈으로 천치를 뒤흔드는 포효로 자신의 존재감을 내보이는 무인.

백면이었다.

콰광!

지면이 꽉꽉 파이게 전진하는 백면은 무린처럼 검기를 쏘아 보내지 않았다.

그저 충차를 향해 달리면서 앞을 막는 모든 자들을 후려쳐 버렸다.

정말로 거침없는 돌격이었다.

쾅!

쩌저정!

백면의 패검이 앞에서 정수리로 떨어지는 도를 위로 후려 쳤다.

너무나 가벼운 방어였다.

그러나 방어가 맞는가?

그의 검은 상대의 도를 아예 자기그릇 쪼개듯이 아예 철 덩 어리, 조각으로 만들어 버렸다. 그리고 동시에 도의 주인의 팔이, 도를 쥐고 있던 오른손이 하늘로 강제로 치켜 올라갔 다.

빡!

어깨가 작살나는 소리였다.

동시에 흘러나오는 신음.

"컥!"

제동이 걸린 것처럼 순간적으로 움직임이 멈추자, 백면의 좌수가 가볍게 휘둘러졌다.

펑! 하고 안면을 직격하자, 함몰되다 못해 아예 뒤통수부터 터져 버렸다.

주르륵.

마치 실 끊어진 목각인형처럼 삐거덕거리면서 무너졌다. 그러나 그 무인이 바닥에 쓰러졌을 때 이미 백면은 그를 지나쳐도 한참 지나쳐 있었다.

거의 몇 십 보나 전진한 백면은 또 다른 시체를 만들었다.

퍼걱!

묵직하게 떨어진 일격이 그 공격을 막은 도를 부수고, 정수리에 닿자마자 터져 버렸다.

하지만 백면의 패검은 가랑이까지 가르고 내려왔다.

신체와 접촉하는 즉시 터져 버리는 믿을 수 없는 일격.

어이가 없을 지경이었다.

안다 해도 막기 불가능한 일격.

엄청난 패력과, 쾌의 묘리도 가히 일절이다.

무지막지한 속도와 힘으로 막는 모든 것을 쪼개버리고, 그 일격 자체로 적을 완벽히 압살하는 검식.

동시에 백면은 오른손, 왼손에 구애받지 않는 경지에 이미 올랐다.

눈 깜빡할 사이 검을 옮겨 쥐고 후려치면, 여지없이 하나가 죽었다.

다른 손도 물론 가만히 있지 않았다.

차락!

펑!

무복이 펄럭이니, 육신이 터지는 광경이 계속해서 연출됐다.

물론 인위적으로 만들어진 연출은 아니었다.

전쟁이다.

지극히 현실적인 이야기다.

"흐읍!"

그러던 백면이 어느 순간, 전면에 거대하고 뾰족한 나무가 보이자 호흡을 깊게 들이 마쉬었다.

목표로 하던 충차가 보인 것이다.

스스스스.

불길한 소리가 나더니, 어느새 다시 오른손으로 옮겨 쥔 패검에 시꺼먼 기류가 흐르기 시작했다.

탓.

타다다다닷!

동시에 백면이 달리던 속도가 급속도로 빨라졌다.

펑!

그러다가 지면을 박차자 흙이 사방으로 비산했다. 그리고 백면의 신형은 하늘 높은 곳으로 쏘아져 올라갔다.

슈아아악!

그리고 마치 새처럼 활강을 시작하는 백면.

새하얀, 그러나 군데군데 혈흔이 잔뜩 묻은 가면을 쓴 백면을 막는 자, 그 누구도 없었다.

아니, 애초에 막을 수 있는 자가 이 대지 위에는 없었다.

있다면 단 둘.

무린과 남궁유청 정도일까?

하지만 백면과 아군이니 백면을 막을 리가 만무할 것이다. 결국 백면의 신형이 어느새 떨어져 내려 충차 위로 안착했다.

동시에 번쩍! 하고 백면이 마치 장작 패듯이 충차를 내려쳤다.

콰과과광!

쩌저저적!

어마어마한 폭발음과 함께 충차.

포탄이라도 터진 건가?

충차는 아예 안쪽에서 폭발한 것처럼 사방으로 쪼개지고 갈라졌다.

며칠간 심혈을 기울여 만든 충차는 백면의 검격 한 방에.

정말 단 한 방에 무용지물이 되어버렸다.

"큭! 쉽네. 이거······."

잔해 위에서, 백면은 그저 피식 웃었다.

휘이잉.

바람이 불어 백면의 검은 무복을 강제로 펄럭였다. 동시에 해를 가리던 구름이 지나, 햇빛이 지상으로 강림하여 백면을 밝혔다.

기가 막힌 연출이라고 해야 되나? 백면은 이 순간 마치 지옥에서 기어 올라온 사신, 천상에서 내려온 신장과 전혀 다를 게 없어 보였다.

"……."

"……."

침묵 후 꿀꺽 하고 침 넘기는 소리가 들렸다.

지독히 긴장한 것이다.

쾅! 촤라라락!

그렇게 적에게 압도적인 공포를 심은 백면의 귀로 마치 그물을 던지는 파열음과, 터뜨리고 갉아먹는 파열음이 같이 들렸다.

좌, 우.

"후후, 저쪽도 거의 끝나가는군. 여차."

휙.

충차 위에서 다시 땅으로 몸을 날린 백면. 지면에 사뿐히 안착하고는 저 멀리, 길림성을 향했다.

"아, 아직 시간이 있지."

남에게 들으라는 혼잣말이었다.

퇴각은 셋이 동시에.

백면 혼자가 아니라, 무린과 남궁유청이 모든 임무를 끝냈을 때 같이 일시에 퇴각을 할 것이다.

그래야 추격이 분산되기 때문이다.

후후.

그러니 가장 먼저 임무를 끝낸 백면은 시간이 남아 버렸다.

그러니 어쩌겠는가. 좀 더… 시간을 때워야 할 수밖에.

"자, 와 봐라."

백면이 검을 까닥였다.

도발이다.

치욕감을 제대로 느끼게 하는 도발이다.

그러나 백면을 둘러 싼, 수십의 북원무인들은 그런 백면의 도발에 넘어가지 않았다. 넘어가면… 자신의 목숨을 가져다 받치는 꼴이란 것을 본능적으로 깨달았기 때문이다.

부르르.

그러나 각자 병장기를 쥔 손에 힘이 들어가며 떨리는 건 막지 못했다.

그런 그들을.

"겁쟁이들이군. 비켜라, 흥이 식었다."

백면은 너무나 오만한 목소리로, 눈빛으로 표정으로 모든 자들을 비웃었다.

홍! 하고 떨어지는 일격.

파가각!

푸확!

예고도 없이 떨어진 그 일격에 반응도 하지 못하고 셋의 목숨이 떨어졌다.

사방으로 피와 살이 튀었다.

뼈가 조각나 비산했다.

그에 모두가 움찔하고, 백면의 중앙에서 길림성으로 향하는 길을 열고 말았다.

"큭."

크크크.

크하하하!

오합지졸을 상대하는 건 재미없는 걸…….

피식.

이 상황은 백면이 압도적으로 강해서 생긴 일. 그리고 '후방'이어서 생긴 일.

하지만 무슨 상관이랴.

백면은… 솔직히 말해 그저, 그저 이 상황이 마음에 들지 않을 뿐이었다.

왜냐.

그는 힘을, 강함을 숭상하는 배화교의 무인이기 때문이다.

"너희는 검을 쥘 자격도 없다."

그의 기준에… 이런 겁에 질린 양은.

죽여야 할 대상이었다.

스스스스스……

백면의 검에 검은 기류가 다시 뭉치기 시작했다. 그에 주변
은 역시 흠칫, 흠칫 떨면서 백면에게서 뒤로 멀어졌다.

그것은 이차전을 알리는 소리, 그리고 행동이었다.

이후 백면이 있던 자리에서는 폭음이 멈추지 않았다.

*   *   *

"대단하군. 아니, 대단하다는 말로도 저걸 설명할 수는 없
겠어."

"으음……"

제종의 말에 마예가 무겁게 고개를 끄덕였다.

아니, 비천대 전체가 고개를 끄덕였다.

아닌 게 아니라, 단 셋이서 북원군의 선봉을 아예 휘젓고
있었다.

이게 상식적으로 가능한가?

절대는 아니어도, 솔직히 거의 불가능한 일이다.

그런데 지금 불가능한 일이 버젓이 일어나고 있었다.

"하하하."

어이가 없는지 관평의 입에서 허탈한 웃음소리가 흘러나왔다.

대주가 강하다는 것, 백면이 강하다는 것, 그리고 남궁유청이 강하다는 것은 사실 익히 알고 있던 사실이다.

하지만 진심전력을 펼쳐내는 셋의 무력은 정말 보는 사람으로 하여금 어이를 상실시켜 버리고 있었다.

"일격에 저 두꺼운 충차가 부서졌군. 크핫."

장팔은 조금 달랐다.

어이가 없긴 하지만 어쩐지 즐거운 기분이었다.

상식 밖의 무력이, 그의 목표로 설정이 되어버린 것이다.

목표가 생겼다는 것은 즐거움이다.

물론 모두가 그러지는 않지만 분명히 그렇게 느끼는 사람이 있다.

장팔이 그런 부류였다.

"대주나 백면이대주가 강한 것은 잘 알았지만, 노사님도 상식 이상이군."

누군가의 말이었다.

그 말에 조장들이나 비천대, 성벽에 대기 중이던 청연군,

수로연맹의 무인들이 남궁유청이 있는 곳으로 시선을 돌렸다.

좌라라락!

멀리서도 남궁유청의 모습은 너무나 잘 보였다.

푸르른, 마치 청명한 하늘의 색을 닮은 검기를 온몸에 두르고 있었다.

좌락! 하고 검격을 한 번 털어내면 마치 그물과도 같은 검기가 주변 사방을 썰어버렸다.

촘촘한 그물은 육신을 가닥가닥 끊어버렸다.

물론 그 행동은 잔인하다.

근데 이상하게도 남궁유청의 모습은 고고해 보였다.

한 자루 잘 벼려진 검.

그게 남궁유청을 보면 가장 먼저 떠오르는 느낌이다.

"확실히 대주와 백면부대주와는 달라."

"맞아. 뭐랄까… 어디 유람이라도 나온 기분?"

"그래, 유람. 후후."

무린이 절제되고, 현실적인 무력을 선보인다면 백면은 그와 반대다.

압도적인 파괴력을 선보인다.

무력으로 찍어 누르고 눌러 적이 꼼짝도 못하게 만든다.

그런데 남궁유청은 둘과는 완전히 다르다.

여유가 넘치다 못해 흘러넘친다.

그러니 이렇게 고고한 느낌을 비천대가 받고 있는 것이다.

촤라라락.

다시 한 번 남궁유청의 검에서 그가 평생을 매진한, 이제는 남궁가 내에서도 적수가 없는 창궁무애검이 펼쳐졌다.

하늘조차 덮어버릴 검기의 그물이다.

그 그물은 마지막 정란을 필사적으로 막고 있던 무인 열댓을 그대로 조각내 버리고, 그 힘이 꺼지지 않고 정란까지 베어버렸다.

잠시간의 정적 후, 정란이 무너지기 시작하자 상황이 끝으로 치달아갔다.

"비천대 준비."

"준비!"

관평이 조용히 말을 하자 모든 비천대원이 손에 작은 단창을 쥐었다.

이제부터 셋이 퇴각을 한다.

그러니 그 뒤를 받칠 비천대의 임무가 중요해진다.

관평이 입에 호루라기를 물고, 힘껏 불었다.

삐이익!

고막을 자극하는 날카로운 소리가 길림의 대지에 울렸다.

그러자 지체 없이, 저 멀리서 무린과 백면이 신형을 돌렸

다. 그리고 다시 길림성을 향해 가공할 속도로 되돌아오기 시
작했다.

남궁유청도 마찬가지였다.

그리고 그 뒤를, 뒤늦게 나온 정신을 차린 북원군이 쫓기
시작했다.

하지만 무린은 물론 백면, 남궁유청의 경신법을 쫓아올 수
있는 북원군은 없었다.

기병이 달라붙는다 해도 가속도가 붙지 않는다면 셋을 잡
기란 불가능할 것이다.

"일 조, 사격 준비!"

하지만 그래도 추격의 틈은 더욱더 늦춰야 했다. 무슨 일이
일어날지 모르는 게 전장이기 때문이다.

비천대 칠십 가까이가 일제히 단창을 어깨 뒤로 당겼다.

꽈드득!

근육이 팽팽히 당겨지는 소리까지 들릴 정도였다.

그렇게 극한으로 당겨졌을 때, 관평이 재차 명령을 내렸다.

"투창!"

하앗!

찻!

각양각색의 기합성과 함께, 단창 수십 발이 일제히 날았다.

그런데 단창 수십 발로 수백을 어떻게 막나, 이렇게 생각하

면 오산이다.

비천대의 투창이다.

그냥 대충 던진 게 아니라, 정조준 후 던졌다.

즉, 각각 목표를 설정해서 던졌다는 소리다.

자신의 시야각을 따로 세워, 그 안에서 가장 선두에서 달리는 북원군에게 말이다.

츄아악!

공기를 거세게 가르는 소리가 천지사방으로 울렸다.

단순한 공격이 아니었기 때문에 일어나는 현상이었다. 비천대는 병사출신이지만 이제는 무인이라고 불러도 전혀 없는 집단이다.

그러니 각각 내력을 가득 담아 던졌으니, 그 위력이야 굳이 말로 설명하지 않아도 충분할 것이다.

"컥!"

"아아악!"

벼락처럼 날아간 단창 하나가 가장 먼저 북원병에게 박혔다.

그 첫 번째 단창은 정확히 목줄기를 물어뜯었다.

아니, 뜯은 정도가 아니라 아예 뚫고 나가 뒤에 있던 다른 병사의 허벅지에 틀어박혔다.

그리고 다시 관통.

바닥에 푹! 소리가 나도록 박혔다.

아악!

으아아악!

목을 물어뜯긴 북원병은 그저 침묵했다.

성대부터 작살이 났으니 말을 할 수 있을 리가 만무했다.

비명은 허벅지가 뚫린 자의 것이었다.

단창의 두께가 아닌 거의 주먹만 한 구멍이 뚫려버렸다.

휑하니 뚫린 자리에서 나오는 것은 당연히 피였다.

솟구치다 못해 마치 분수처럼 뿜어지며 대지를 적셨다.

지극히 잔인한 광경이었다.

하나 그건 시작에 불과했다.

픽!

퍼걱!

뒤이어 단창세례가 무자비하게 떨어지기 시작했다. 그리고 잠시 주춤하는 사이, 두 번째 일격이 시작됐다.

직각으로 쏘아져 내려오는 투창은 정말 무시무시한 위력을 내포하고 있었다.

어떤 무인 하나가 도로 후려쳤음에도 오히려 도를 통째로 부숴버리는 괴력을 발휘하는 투창도 있었다.

순식간에 백이 넘는 북원병에 대지에 쓰러졌다. 그리고 쓰러진 이들은 당연히 다시는 일어나지 못했다.

대신, 꿈틀거리는 자들이 있기는 했다.

일격에 죽지 못하고 옆구리나 어깨, 허벅지 같은 부위에 공격을 받은 자들이었다.

그들은 바닥에 쓰러져 애처롭게 움찔거렸다.

그러나 그 누구도 그런 북원병에게 다가가지 못했다.

어느새… 점점 하늘을 가득 매우고 있는 공격 때문이었다.

첫 일격은 투창.

두 번째도 투창이었다.

하지만 지금은 거리가 상당히 가까워졌다.

하늘을 가득 매우고 있는 건 분명… 화살이었다.

청연군과 수로연맹의 무인들이 북원군이 사정권에 들어오자 곡사로 공격을 시작한 것이다.

물경 합치면 천에 가까운 병력이 쏘는 궁사는, 결코 무시할 수 있는 공격이 못됐다.

휭 하고 날아, 떨어지면서 힘을 받은 화살들은 북원무인들이 아닌 단순 보병한테는 정말 악마보다 무서운 위력을 발휘했다.

갑옷은 그냥 뚫고 들어가 육신에 박혔으니 말이다.

주춤.

잠시 멈춘 사이 다시금 하늘이 검게 그을리기 시작했다. 이차 공격이 속전으로 시작된 것이다.

거의 천에 가까운 선봉군이 무린과 백면, 남궁유청을 쫓았지만 오히려 이건 자충수였다.

대열이 제대로 이루어지지 않은 돌격은 오히려 패해만 받을 뿐이었다.

뿌우!

뿌우우……!

거대한 소리가 전장을 메우자 흠칫 하면서 북원병이 달려오던 걸 멈췄다. 적장이 셋을 잡기를 포기한 것이다.

거기다가 공성병기도 박살이 났으니 더 이상 공성전도 불가능해졌다.

상당히 빠른 상황 판단력이었다.

탓.

타닷.

그리고 어느새 무린을 포함한 백면, 남궁유청은 성벽에 안착했다.

도움닫기 후 뛰어올라 성벽을 몇 번 더 걷어차고는 미리 걸어 놓은 줄을 잡고 올라온 것이다.

싱거울 정도로 허무한 전투 종결이었다.

"후우……."

무린은 성벽에 안착하고 나서야 깊은 숨을 내쉬었다.

폐부 깊숙한 곳에서 나오는, 전투의 긴장감과 흥분을 소거

시키는 한숨이었다. 즉, 자신을 다스리고 있는 모습이었다.

"괜찮으십니까?"

"……"

관평의 물음에 무린은 말없이 고개만 끄덕였다.

무린은 성벽 밖을 보던 시선을 거두고 백면과 남궁유청을 바라봤다.

피에 잔뜩 절어 있는 모습들이었다.

특히 백면은 심했다.

원래는 새하얗던 흰 가면은 지금은 아예 적면이 되어 있었다.

묘한 것은 뚫린 눈가에서 흐르는 붉은 피가 이상하게 슬퍼 보였다.

아는 것일까?

생명을 죽이는 참담한 행위를?

그 행동이 살인자에게 미치는 영향을?

"괜찮나?"

"……"

무린의 말에 백면도 말없이, 그저 말없이 고개를 끄덕였다.

셋 중, 가장 거대한 흉성을 토해내던 백면이다.

하지만 그 흉성은 인위적인 것.

백면이 적에게 공포를 심어주기 위해, 가면만 보아도 흠칫

하고 굳어버릴 정도의 공포를 적에게 각인시키기 위해 백면이 강제로 만든 것이다.

이것은 백면이니 가능한 일이었다.

"눈이 붉다. 정신을 다스리는 게 좋아 보이는군."

"후우… 그래야겠소."

"그래, 수고했다."

"진 대주도 고생하셨소."

짧은 대화 후 백면이 성벽을 내려갔다.

인위적으로 흉성을 만드는 것은 사실 굉장히 위험한 일이다.

백면이 보였던 것은 그냥 흉내만 낸 게 아니었다.

정말 다른 인격과도 같은, 그런 흉성을 만들어 본인이 뒤집어 쓴 것이다.

단순히 잔인한 독심을 가진다고 되는 게 아니다.

무인이라 불리는 이유는 무공을 익혔기 때문이다. 그리고 이 무공에는 각각 독특한 기세가 있다.

특히 이건 상급 무공으로 가면 갈수록 더욱 뚜렷하게 나타난다.

무린의 담담하고 특색 없는 기세가 있는가 하면 반대로 남궁유청처럼 날카로운 예기를 품은 기세도 있다.

반대로 태산 같은 기도도 있고, 대해처럼 광활함이 느껴지는 기도도 있다.

그런 것이다.

그런데 백면은 이것을 인위적으로 비튼 것이다.

본래 백면의 기세는 무거움이 느껴지는 패력, 그 자체다.

그런데 전투에만 들어가면 그런 기세가 흘러나왔다.

예전 군사의 명령에 따라 한 번 해봤더니, 요즘은 저도 모르게 튀어나왔다. 그러니 위험한 것이다.

정신력이 약하면 잡아먹힐지도 모르니까 말이다.

"……"

무린은 내려가는 백면의 등을 오랫동안 바라봤다. 그가 사라질 때까지. 그가 사라지고 나서야 걸은 후 이번에는 남궁유청에게 시선을 돌렸다.

"고생하셨습니다."

"후후, 내가 한 일이 뭐가 있겠나. 아닐세."

"노사님이 없으셨으면 결코 불가능한 작전이었습니다."

사실이다.

최초 이 작전은 당연히 무혜가 생각했다.

공성병기는 분명히 만들어질 것이다.

문제는 시간이다.

길림성을 지옥으로 만드는 준비가 먼저 끝나나, 아니면 공성병기가 먼저 만들어지나.

당연히 전자가 먼저 되어야 한다.

그래야 문자 그대로 준비가 끝나니, 작전을 펼칠 수 있기 때문이다.

하지만 병력의 압도적인 차이로 북원군이 먼저 공성병기를 만들었다.

이 상황은 충분히 예상했었기에, 무혜는 저 공성병기를 부술 단 삼 인을 뽑았다.

그게 바로 무린, 백면, 남궁유청인 것이다.

그리고 실제 삼인은 아무런 피해도 없이, 적의 공성전을 막아냈다.

"아닐세. 내 비천대원은 아니나 나도 내 복수를 위해 자네들에게 피해를 입혔으니 당연히 해야 할 일이었을 뿐이네. 그러니 너무 감사치 말게."

"네, 그러겠습니다."

"그럼 나도 내려가서 좀 쉬겠네. 혹시 재공격이 있으면 바로 연락 주시게나."

"네, 쉬십시오."

남궁유청은 그렇게 성벽을 내려갔다.

무린은 내려가는 남궁유청을 보며 역시, 강하다고 생각했다.

그렇지만 그 강함이 무력은 아니었다.

실제로 무력은 무린이 오히려 앞선다.

아마 두 수 정도는 차이가 날 것이다.

하지만 무린은 직감했다.

남궁유청과 만약 생사결을 펼친다면 결코 목을 칠 수 없다는 걸. 그건 무력의 차이가 아닌, 경험의 차이가 너무나 남궁유청이 앞섰기 때문이다.

경험이라면 비천대도 만만치 않다.

정말 오랫동안 북방에 있었던 무린의 경험은 더욱더 많다.

하지만 남궁유청은 그런 무린과는 다른 경험이다.

실전경험에 연륜의 힘까지 더해진 남궁유청은 정말 무시무시하게 예리했다.

지금도 마찬가지다.

백면이 피로 칠갑을 했다면, 남궁유청은 정말 유람이라도 다녀온 것처럼 깨끗했다.

무복 바지에 조금 묻어 있긴 했지만 그 정도야 무린, 백면에 비하면 정말 조족지혈이었다.

정신없이 싸웠던 둘은 정말 전투의 처참한 흔적을 온몸에 묻히고 왔다.

백면은 아까도 말했지만 정말 처참했고, 무린도 의복에 덕지덕지 묻혀 왔다.

그러나 진짜 남궁유청은 깔끔했다.

굉장하지 않은가?

창칼이 사방에서 날아오는데도 혈흔을 피하고 검을 휘둘렀다는 소리다. 그것도 일반 병사가 아닌 무인을 상대로 말이다.

존경받아 마땅한 무인이었다.

무린은 참으로 자신이 운이 좋다고 생각했다.

만약 남궁유청이 없었다면?

이런 작전은 생각도 못했을 것이다.

애초에 비천대의 피해도 지금보다 훨씬 심했을 것이다. 비록 딸의 복수를 위해 비천대와 함께 하고 있다지만 무린은 순수한 마음으로 남궁유청에게 감사의 예를 취했다.

"대주, 북원군이 물러납니다."

"그래?"

관평의 말에 시선을 돌려보니 정말 북원군이 뒤로 후퇴하고 있었다. 부서진 잔해들만 남겨놓고, 그렇게 맥없이 물러나고 있었다.

길림성의 첫 번째 전투.

너무나 허무하고, 속전속결로 끝났다.

'너무 쉬웠다.'

하지만 그런 생각이 무린의 머릿속으로 떠올랐다. 그리고 사실, 뭔가 이상한 게 느껴지기도 한 무린이었다.

'일단, 지켜보자.'

후퇴하는 북원군을 바라보다 무린은 툭하고 명령을 내렸다.

"정리해. 이상행동 보이면 바로 보고하고."

"알겠습니다."

고개를 끄덕이는 관평을 뒤로하고 무린도 성벽을 내려왔다. 무린이 성벽을 내려가자 어둑하던 천지가 개이기 시작했다.

第百六章

소전신(小戰神)

모두가 잠든 밤.

잠들지 못하는 사람들이 있었다.

수많은 목숨을 책임져야 하는 사람들, 바로 무린과 무혜, 백면과 남궁유청.

그 외에 비천대 조장들.

마지막으로 단문영이었다.

이들은 전투가 끝나고 야심한 밤이 되었는데도 다시 모였다.

무혜의 소집이었다.

전투의 긴장이 한차례 몸을 쓸고 갔기 때문에 피곤하기 그지없는 상태였고, 게다가 늦은 시각이었지만 누구도 불평하지 않았다.

다른 이도 아닌, 현재 비천대에서 정말 중요한 사람이 된, 정말 단시간에 요주인물이 된 군사의 소집이었기 때문이다.

군사의 자리에 앉은 무혜의 업적은 정말 말로 열거하기도 너무 길다. 그만큼 단 시간에 엄청 쌓아 올렸다.

전공으로 치면 수차례 특진을 했을 것이다.

후우…….

그런 무혜가 깊은 한숨을 깊게 쉬고 나서 쩍쩍 갈라진 입술을 열었다. 흘러나오는 말은 무겁고, 또 무거웠다.

"상황이 좋지 않아졌습니다."

"왜지?"

"제가 생각했던 것과 다르게 전투가 흘러갔습니다. 지금까지 보여 왔던 적장의 행동과, 이번 행동은 많이 달랐습니다."

"음… 퇴각 말인가?"

무린도 짚이는 게 있었다.

셋이 퇴각을 할 때, 당연히 북원군은 쫓아왔었다. 하지만 적장은 비천대의 공격이 시작되자 곧바로 군을 물렸다.

"예, 사실 저는 거기서 더욱 피해를 주려고 했습니다. 천박에 안 되는 병력이지만 비천대와 청연군, 그리고 수로연맹의 무사들의 실력은 결코 얕지 않으니까요. 최소… 최소 천 이상의 피해를 입힐 수 있을 거라 생각했습니다."

"음……."

"그런데 적장은 비천대의 공격이 시작되자마자 곧바로 퇴각명령을 내렸습니다. 이게 뜻하는 건 하나. 적장의 상황 판단력이 빠르다는 것입니다."

"새로운 자가 온 건가?"

"그럴 거라 예상됩니다."

"……."

무혜의 대답에 무린의 얼굴은 물론 비천대 조장 전부의 얼굴이 찌푸려졌다.

이런 상황에서 적장의 교체는 결코 비천대에게 좋은 일이 아니었다.

군을 이끄는 수장에게 가장 필요한 것은 많다.

통솔력부터 시작해서 본인의 무력까지. 각기 첫 번째로 꼽는 건 전부 다르지만 비천대의 경우는 상황 판단력이다.

이게 느리거나 제대로 된 판단을 내리지 못하면 나오는 결과는 전멸뿐이다.

전세가 밀리면 즉각 후퇴가 옳고, 압도하고 있다면 지옥까지 쫓아가서라도 섬멸해야 옳다.

병사의 목숨을 쥐고 있기 때문에 상황을 읽고, 실행하는 능력은 수장에게 있어서는 필수나 마찬가지다.

그런데 지금 북원군의 수장이, 그런 자일 것으로 예상이 되는 것이다. 하지만 여기서 의문이 생긴다.

그렇다면 왜, 준비도 되지 않은 상황에서 공성전을 걸어온 것일까.

"이상하군. 적장이 제대로 된 능력을 갖추고 있었다면 이렇게 무리해서 공성전을 걸어올 이유가 없을 터인데?"

백면의 나직한 물음이다.

대답은 즉시 나왔다.

"찔러보기입니다. 그리고 저희는 하나의 패를 노출시켰습니다."

"음… 안 좋군."

"많이 안 좋습니다."

비천대가 노출시킨 패는 무력이다.

비천대 자체의 무력.

그리고 무린, 백면, 남궁유청 이 셋의 본신무력.

적장이 제대로 된 자라면 이제는 비천대의 무력을 모든 작전에 염두에 두고 전략을 짤 것이다.

"이제는 오늘 같은 전투는 절대로 없겠군."

"예, 절대로 없을 겁니다."

단 한 번으로 어떻게 단언하냐고 할 수 있겠지만 전장에서 우연은 없다. 특히 오늘 낮의 전투처럼 치욕적인 전투가 벌어지면 더더욱 그렇다.

이성은 단번에 싹둑 잘릴 것이다.

그렇다면 물불 안 가리고 달려들었어야 정상인데, 호각 소리가 울리자 곧바로 썰물처럼 빠져 버렸다.

그렇다는 건 상황판단 말고 장악력도 있다는 소리다. 군 장악력이 없이 오늘과 같은 행동은 결코 불가능하기 때문이다.

음.

무린의 입에서 짧은 침음과 함께 총평이 나왔다.

"골치 아프게 됐군."

"네."

"앞으로의 대책은?"

"일단 적장이 누군지 알아내는 게 가장 시급합니다."

"북원군 장군들에 대한 정보는 있나?"

"도움을 받아 있는 데로 전부 모았습니다."

북원은 보통 명처럼 군을 운용하지 않는다. 명은 군을 통솔하는 장이 있고, 그 밑에 군사들이 있다.

장양성 대장군과 원경처럼 말이다.

하지만 북원은 대부분 적장이 모든 것을 맡는다.

천리안 바타르, 용병왕 아므라.

이 둘처럼 말이다.

"짐작 가는 자는 있나?"

"음······."

무혜가 잠시간 생각에 들어갔다.

그녀가 갈충과 운삼에게 부탁한 북원군의 대한 정보 중 군 장악력, 상황 판단력이 빠른 장수들을 간추리고 있는 것이다.

하지만 사실 이 두 가지로는 알아내는 게 쉽지는 않았다.

어느 정도 위치에 올랐다면 당연히 그 두 가지 능력이야 갖추고 있기 때문이다.

그렇기 때문에 당장 누구인지 감이 올 리가 없었다.

하지만 그런 무혜를 도와줄 사람이 있었다.

바로 갈충이다.

쾅! 소리가 나게 회의실로 들어온 갈충은 숨을 몰아쉬었다. 그러나 그 역시 무인답게 숨은 금세 진정시켰다.

그러나 얼굴은 진정된 얼굴이 아니었다.

"후우··· 좀 전에 정보가 도착했다. 크흐, 적장에 관한 정보지. 킬킬."

"누군가요?"

갈충의 말에 곧바로 반응한 건 역시 무혜였다.

전투가 끝난 직후부터 지금까지 고민에 고민을 하게 만든 이유가 바로 적장의 교체다. 그러니 이런 무혜의 행동이야 당연한 일.

더불어 비천대도 모두 갈충의 입을 돌아봤다.

"우챠이."

컥.

누군가가 헛기침을 했다.

그리고 그와 동시에…….

"……."

"……."

지독한 적막이 흘렀다.

우챠이.

북방에 있던 비천대는 안다.

그 이름의 의미를.

전에 비천대를 도발하다 단문영의 독에 맥없이 고꾸라진 우차이와는 이름 단어 하나가 다르지만 그 하나 다른 이름이 주는 의미는 어마어마했다. 아니, 그 정도 설명으로도 부족했다.

급? 격? 정말 완전히 달랐다.

우차이는 무명도 없지만, 우챠이는 무시무시한 무명으로 불리기 때문이다.

소전신(小戰神).

천리안 바타르, 용병왕 아므라와 함께 북원을 이끌어가는 장군 중 하나.

그가 바로 지금 갈충이 말한 우챠이다.

전신이라는 별명 앞에 소자가 들어가는 이유는 하나다.

북원의 기둥, 전신의 아들이기 때문이다.

전신이 오직 무(武)에만 미쳐 있다면 우챠이도 무에 완전히 미쳐 있었다.

우챠이는 사실 다른 설명이 필요가 없는 자다.

"엿같이 됐군."

"……"

백면의 나직한 말이 지금 비천대의 심정을 말해줬다.

웬만하면 험악한 말투를 잘 쓰지 않는 백면이 이런 말을 했다는 건 정말 지금 상황이 더럽게 돌아간다는 것을 뜻했다.

"소전신 우챠이. 나이 오십하고 둘. 북원의 정신적 지주라 할 수 있는 전신의 두 아들, 딸 중에 첫째. 병기는 거대한 쌍부. 무력만 따져도… 절정 이상의 경지이나 확실하게 밝혀지지 않음. 음, 초인으로 분류. 하지만 정말 무서운 건 무력도 무력이지만 그 포악하기 그지없는 성정."

"……"

"……"

무혜의 말에 비천대는 다시 침묵했다.

우챠이의 특징을 전부 말했기 때문이다.

"하지만 진짜 무서운 건… 우챠이의 친위대지."

"맞아. 단 일백 기로 이루어진 친위대. 악마기병과는 다른 의미로 악마 같은 놈들이지. 짜증나는 새끼들이 왔어."

제종과 갈충의 말이었다.

맞다.

우챠이는 본신 무력도 뛰어나다. 어마어마하게 말이다.

그런데 거기에 머리도 나쁘지 않다.

전쟁을 아는 정도가 아니라 움직일 수도 있는 자다.

하지만 그런 그가 가장 무서운 이유는.

단 일백 친위대의 선두에 섰을 때다.

정말 말로… 설명을 할 수가 없다.

"비천대와 붙으면?"

"양패구상."

제종의 말에 갈충이 다시 주저 없이 말했다.

양패구상이라는 말은 서로 전멸이다. 두 패거리가 전부 죽는다는 말이다.

비천대는 강하니, 충분히 기분 나쁠 법도 하지만 그 누구도 불만을 내비치지 않았다.

현실로 봤을 때도 맞는 말이기 때문이다.

"군사."

"네."

"적장이 우챠이라면… 가장 먼저 할 행동은?"

"대장전입니다."

"그렇지. 대장전이지."

우챠이는 문무겸전이지만 사실 문은 군을 움직이는 정도만 배웠다.

그래서 무를 더 중시하는 경향이 있다. 그리고 무를 좀 더 중시하는 그가 즐겨하는 첫 행동은 바로 대장전이다.

흔히 일기토(一騎討)라고 부르는 행위 말이다. 사실 이건 우챠이를 설명할 때 가장 먼저 들어가야 하는 특징이다.

"내일 걸어올까?"

"언제인지는 모르겠습니다. 하지만 우챠이는 시간을 끌지 않을 테니 준비가 끝나는 즉시 걸어올 겁니다."

"음……."

무린은 고민에 잠겼다.

우챠이가 만약 일기토를 걸어온다면?

상식적으로 생각해서 안 받으면 그만이다.

공성전. 그중 현재 무린은 수성의 위치에 있다. 굳이 일기토를 하지 않아도 된다는 소리다.

"받지 않는다면?"

"당연히 대대적인 공성전이 벌어질 겁니다."

우챠이라면, 일기토가 성사되지 않는다면 그 다음 행동은 불 보듯 뻔하다. 곧바로 공성전이 발발할 것이다.

"다른 곳, 아마 영길에서 공성무기를 만들었을 겁니다. 근시일 전선에 도착하겠고……."

적장이 우챠이라는 것을 알자, 그림 그리듯이 확실히 앞으로의 상황이 보였다.

그건 무혜만이 아닌 비천대 조장들 전부가 보고 있었다.

"그전에 준비가 끝날 수 있나?"

"확신하지 못하겠습니다."

"후우."

지금도 충분히 서두르고 있다.

좀 전까지 작업을 하다가 이제 겨우 비천대는 휴식을 취하고 있다.

급한 것은 알지만 체력소모는 최대한 막아야 하는 게 지금 상황이다. 그러니 극한으로 몰아붙일 수도 없었다.

언제 어떤 일이 벌어질지 모르니 비천대는 항상 일정 이상 체력을 유지해야 하기 때문이다.

"그럼 북원이 먼저 준비가 끝나면?"

"일기토를 받아들여야 합니다."

"그렇군."

무혜의 대답에 무린은 무혜가 무엇을 바라는지 알아차렸다.

무혜가 원하는 건 우챠이의 부상이다.

아니면 그의 목이거나.

그래서 시간을 지체시키는 게 무혜가 생각한 방법이다.

"결국은 내가 나서야 한다는 소리군."

"부탁드립니다."

무혜는 고개를 숙였다.

정말… 무혜는 이제 완벽한 군사가 되어 있었다.

옛날 같았으면?

절대로 무린에게 이런 부탁을 하지 않았을 것이다.

수없이 오랜 세월동안 자신을 감추고 산 것도 대단하지만 위치가 변하자마자 그에 걸맞는 능력을 보여주고 있는 지금은 더더욱 대단했다.

지금 이 말, 무린에게 부탁한다고 했던 이 말은 정말 독심이 없으면 불가능한 일이다.

우챠이가 누군가.

북원의 소전신이다.

전신의 첫째 아들이란 말이다.

무력은 이미 절정을 벗어났다는 소리를 듣는, 전신의 뒤를 이미 그대로 따르고 있다 평가받는 우챠이다.

그런 우챠이와의 일기토 대결을 무혜는 부탁한 것이다.

단순히 군사가 대장에게 부탁했다면 이해할 수는 있다. 하지만 무린과 무혜는 본질적으로 파고들면 군사와 대장 이전에, 오라비와 동생이다.

그러니 무혜가 얼마나 독한 마음을 먹었는지, 여기서 알 수 있는 것이다.

"걱정 마라."

물론, 무린이 겁을 먹은 것은 아니다.

이 세상에 태어나서, 창이라는 무기를 쥐고 나서 무린을 진심으로 겁먹게 만들었던 사람은 딱 둘이다.

북방에 있을 당시 마주쳤었던 강신단주 이무량.

그리고 마녀.

이 둘을 빼면 무린은 사람에게서 공포라는 것을 느껴본 적이 없었다. 애초에 남궁가의 피를, 그것도 어머니의 피를 제대로 이어받아 강철심장을 보유한 무린이다.

거기에 오랜 세월 경험이 쌓여, 무린의 심장은 아예 이중삼중으로 보호받는 지경이다. 그러니 무린은 우챠이와의 대결을 조금도 겁내지 않았다.

우챠이라는 이름이 묵직한 감정을 선사하지만 그게 공포는 아니라는 말.

그리고 지금 무린은 이제 병사가 아니다.

병사에서 이미 무인이 되어버렸다.

내면에서 타오르는 불꽃을 무린은 느꼈다.

그건 바로 호승심이라는 무시무시한 괴물이었다. 하지만

그건 비단 무린만 느끼는 게 아니었다.

　깨끗이 씻었는지 어느새 새하얗게 돌아온 가면.

　백면이 그중 한 사람이었다.

　"진 형, 내가 하면 안 되겠소?"

　"자네가?"

　"후후, 겨뤄보고 싶구려."

　"음……."

　잠시 고민.

　그때 백면과 같은 기분을 느끼는 노검수가 입을 열었다.

　"내게 맡겨주게나. 자네는 비천대의 대주이니, 굳이 나갈
필요는 없네."

　남궁유청의 말이었다.

　"노사님……."

　무린이 그를 보고, 말을 이으려는데 남궁유청이 손을 휘휘
저었다. 무린의 말을 끊어버린 것이다.

　"나나 백면, 이 친구에게 맡기게나."

　"……."

　둘을 못 믿는 건 아니다.

　강한 건 인정한다.

　백면도, 남궁유청도 무린은 자신과 비교하면 결코 떨어지
지 않다는 걸 알고 있다. 하지만 우챠이는 강하다.

어쩌면 자신보다도 더.

무린이 침묵하고 고민하는 데 그건 다시 자르는 사람이 있었다.

"안 됩니다. 이 일기토는 대주께서 해야 됩니다."

단호한 그 말.

회의실에 가득 울렸다.

남궁유청이 그 말의 주인공인 무혜를 보며 물었다.

인상은 당연히 좋지 않았다.

무시당했다 느낀 것은 아니어 보였지만 분명 미미하게 찌푸려져 있었다.

"왜인가?"

"상징성 때문입니다."

"상징성?"

"알게 모르게 저희 군의 사기는 계속해서 떨어지고 있습니다. 비천대는 괜찮지만 청연군과 수로연맹의 무인들이 특히 떨어지고 있습니다."

맞는 말이다.

고작 천도 안 되는 병력으로 현재 길림성을 사수 중이다. 그런데 성 밖은 만이 넘는 적이 둘러싸고 있다.

비천대는 이런 경험이 이미 수두룩해 괜찮지만 청연군이나 수로연맹은 별로 경험이 없다.

그래서 저도 모르게 위축되고 있었다.

이번 전투에서 이기는 바람에 불안감이 해소되긴 했지만, 시간이 지나면 다시 조금씩 불안을 느끼게 될 것이다.

그 불안은 몸을 경직시키고, 안 좋은 상상을 계속해서 하게 만들면서 병사 개개인의 실력을 야금야금 갉아먹을 것이다.

그래서는 안 된다.

무혜가 생각하는 작전은 결코 그래서는 안 된다.

"그래서?"

"깨뜨려야 합니다."

"나나 이 친구가 나가도 할 수 있네만."

"압니다. 하지만 그래도 대주께서 해야 됩니다."

"그 이유는?"

"말했듯이, 상징성입니다. 적장을 아군의 장이 잡는 것을 보여주는 것."

"흠."

남궁유청은 짧은 대답 같지 않은 목소리를 냈지만, 어느 정도 이해는 했다.

맞다. 일기토는 맞는데, 그게 우챠이가 나오게 되면 일기토에 대장전이라는 의미도 들어간다.

적의 수장이 나왔는데 이쪽은 수장이 아닌 다른 사람이 나오면 그건 불신의 씨앗이 될지도 모른다.

물론 전혀 그런 의도가 아니더라도, 그걸 일일이 설명하고 다닐 수도 없는 노릇 아닌가?

우챠이가 나오면, 무린이 나가야 한다.

여유를 보여주고, 적장을 잡는다.

무혜의 말에 무린은 고민을 접었다.

무혜의 말이 맞다.

이 일은 자신의 일이라는 것을 깨달았다. 그렇기에 입을 열리고, 확실한 거절의 말이 흘러나왔다.

"군사의 말이 맞는 것 같습니다. 노사님, 제가 하겠습니다."

"으음……."

남궁유청이 대답을 안 하고 침음을 흘렸다.

그때 휘장이 걷혔다.

들어오는 사람의 체형은 호리호리했지만 굴곡이 뚜렷했다. 단문영이었다.

"괴물… 두 분은 그와 부딪치면 죽음을 면치 못할 거예요."

"……."

"……."

단문영의 말에 인상을 찌푸렸다. 그리고 말도 하지 못했다.

반박? 할 수는 있다. 그러나 지금까지 보여준 단문영의 능력을 생각하면 지금 그 말이 결코 허언이 아니었다.

그런 단문영이 다시 말했다.

"다시 말씀드리지만… 저 북원의 괴물과 대적할 사람은 대주뿐이에요. 나머지 분들은 십 중 십, 목숨을 잃을 거예요."

기분 나쁜 말이었다.

그에 무린은 다시 나섰다.

"제가 하겠습니다."

"후우……."

인정하면 단문영의 말을 받아들이게 되는 것이 되나 남궁 유청은 더 이상 고집을 부리지는 않았다.

다만, 걱정의 한마디를 더했다.

"조심하게나."

"예, 걱정 마십시오."

그 말을 끝으로 남궁유청은 회의실에서 일어나 밖으로 나갔다. 휘적, 휘적. 걷는 것 같았는데 어느새 막사에서 사라진 남궁유청이다.

그가 나가자 무혜가 다시 입을 열었다.

"제 생각에는 이번에도 준비가 끝나기 전에 적이 공격해 올 것입니다. 그러니 이 한 번. 반드시 막아내야 합니다."

"알겠다."

우챠이를 잡는 건 단순히 적장을 잡는 게 아니다.

아군의 사기를 올리고, 적군의 사기는 내리고. 더불어 모종의 불신, 불안감이라는 음차원 감정을 말살하고, 나아가 시간을 얻기 위함이다.

적장에게 부상만 입혀도 금방 공성이 벌어지진 않을 것이기 때문이다.

회의는 그걸로 끝이었다.

그리고 며칠이 지났다. 무혜의 말은 그대로 현실이 되었다.

영길에서 출발한 공성병기가, 길림성에 당도한 것이다.

다시금 길림성에, 어두운 죽음의 그림자가 드리우기 시작했다.

*   *   *

겉모습은 그저 간단한 파오였다.

그러나 그 안은 크고, 화려하기 그지없었다. 호피가 바닥을 장식하고 있었고, 곳곳에 뿔로 만든 장식이 보였다.

환한 빛을 발하는 야명주 몇 개가 천장에 고정되어 있었고, 중앙에는 모닥불이 타오르고 있어 파오 안을 훈훈하게 만들어주고 있었다.

그리고 그 모닥불에서 몇 걸음 떨어진 곳에 태산만큼 거대한 덩치를 지닌 자가 호피 바닥에 앉아 있었다.

　상체를 벗고 있었는데 전신에 뱀처럼 꾸물거리는 흉터가 가득했다. 크고 작은 상처는 이 사내의 흉악함, 그리고 강인함을 여지없이 내뿜고 있었다.

　가장 중요한 특징은 완전한 민머리에 새겨진 기이학적인 문양이다. 검고, 붉은 문양이 민머리 곳곳에 새겨져 있었다.

　그 사내의 뒤에는 북원 특유의 복장을 입은 여인 둘이 그의 어깨를 주무르고 있었다. 그러나 너무나 강인한 근육 탓에 힘이 드는지 땀을 비 오듯이 흘리고 있었다.

　"그래, 내일이면 도착한다고?"

　"네, 늦어도 점심 전까지 도착한다고. 그렇게 연락이 왔습니다."

　"후후, 점심이라. 좋군."

　으적.

　사내는 옆에 있던 커다란 나무 쟁반에 있던 고기를 그대로 손으로 들어 입으로 옮겼다. 격식이 없는, 마치 산적 같은 행동이었다.

　고기에서 떨어진 육즙이 입술을 타고, 사내의 전신 가득한 흉터를 타고 넘으며 꾸물꾸물 아래로 떨어졌다.

　잠시 동안은 그런 모습을 보며 사내의 앞에 부복하고 있던 부하도 입을 닫았다. 파오 안은 사내가 고기를 씹는 소리만 들렸다.

이 사내.

누군지 궁금해 할 것도 없었다.

우챠이.

소전신 우챠이였다.

북원의 기둥, 전신의 첫째 아들이며, 전신이 걸어왔던 길을 고스란히, 아주 똑같이 걸어가고 있는 사내.

적어도 십, 이십 년 후에는 전신이라는 별호를 가져갈 남자.

그가 바로 이 사내. 우챠이였다.

"기대되는군."

"비천객… 말씀이십니까?"

"그래, 후후. 바타르가 애 좀 먹은 이유가 있었어."

"바타르께선 장양성을 대적하느라……."

"후후, 그게 그거다."

"예, 맞습니다."

꿀꺽.

우챠이의 앞에 부복하고 있던 부하는 곧바로 수긍했다.

우챠이가 후후 하고 웃을 때 꿈틀거리는 눈매를 본능적으로 보았기 때문이다.

아무런 위화감도 없었지만, 부복하고 있던 부하는 순간적으로 죽음이라는 것을 떠올렸다. 우챠이 정도의 무력이면 굳이 죽이려고 마음을 먹었을 때, 살심이 일어나지 않는다. 기세의 갈무리가 무척이나 자연스럽다는 뜻이다.

부복하고 있던 맹강은 위기감을 느꼈다.

그래서 서둘러 화제를 전환했다.

"예정대로 대장전을 치를 작정이십니까?"

"크크, 어떻게 할 것 같아 보이나?"

턱.

휙 하고 던진 손짓에 반쯤 씹어 먹은 고기가 다시 나무 쟁반으로 떨어졌다. 묘수의 축에도 못 끼는 행동이었지만 맹강은 다행히 사내의 기분이 돌아섰다는 것을 깨달았다.

"장군이시라면 당연히 일기토를 걸 것이라 생각합니다."

"맞아. 걸 것이다. 비천객, 아므라나 바타르와 비슷한 정도로 보이더군. 하지만 둘과는 뭔가 다른 힘이 느껴져. 그런 무인을 보았는데 그냥 넘어갈 수는 없는 노릇이지."

"장군에겐 아직 부족해 보였습니다."

"하지만 특이한 무공을 사용하더군. 충분히 나를 즐겁게 해줄 것이라 생각하고 있다. 아주 기대되는군. 크크큭!"

우챠이는 오늘 보았다.

단 삼 인이 자신이 오기 전까지 만든 공성병기를 부수고 퇴각하는 모습을. 참으로 인상적인 모습이었다.

솔직히 전장에서 저번 같은 일은 결코 일어날 수 없다. 만 부부당의 무력을 가진 수하나 아군이 있다면 정말로 중요할 때 운용하지, 그런 식으로 무식하게 운용하지 않는다.

그래도 혹시 몰라 초원의 무인들을 배치했지만 설마 그런 식으로 나올 줄은 우챠이도 몰랐던 것이다.

하지만 반대로 그때 함락 당했다면, 우챠이는 다시 돌아갔을 것이다.

그는 전신의 길을 걷는 자.

비록 아버지가 먼저, 할아버지가 아버지보다 먼저 걸었던 길이지만 상관없었다. 그 길이라는 이유 하나만으로도 충분했다.

아버지의 등.

아직도 보이지 않는 아버지의 등을 보려면 강자, 피가 끓어오를 정도의 강자와의 생사결이 필요하다는 것을 우챠이는 알았다.

심의 단련도 중요하지만, 생사를 가르는 대결도 중요한 것이다.

그런 우챠이는 오늘 보았다.

적어도 셋이다.

묵직하고 강맹한 패검을 자유자재로 사용하며, 마치 흉신과도 같던 기도를 내뿜던 하얀 가면의 무인.

한 자루 장검을 들고 유람을 나온 듯, 아군의 무인을 볏짚 베듯이 갈라버리던 노검객.

하지만 가장 우챠이의 눈에 가장 인상적이었던 무인은, 지극히 실전적이고 절제된 동작으로 목숨을 취해가던 철창의 무인이었다.

우챠이는 본능적으로 느낄 수 있었다.

저자다.

저자가 비천객.

천리안 바타르를 뒤에서부터 흔들던 비천대의 대주구나 하고 말이다.

이미 비천객에 대한 정보야 전 중원이 아는 마당이다. 초원 여우에게 오기 전 받아든 정보 때문에 우챠이도 비천객의 특징을 알고 있었다.

그렇기 때문에 금방 알아봤다.

피가 서서히 끓어오르고 있었다.

"어머."

"아……."

우챠이의 어깨를 주무르던 여인 둘이 탄성을 흘렸다.

그의 근육이 급속도로 수축, 돌처럼 단단해져 나온 탄성이었다. 북원의 무공이 대체적으로 그렇듯, 우챠이도 압도적인 파괴력에 중점을 맞춘 무공을 사용한다.

일력(一力).

하나의 힘.

오직 이 세상에서 힘으로는 최고다라는 뜻에서 나온 이름이다. 천근바위? 우습다. 그저 우스울 뿐이다.

장담하지만… 우챠이가 성문을 후려치면 단 한 방이면 충분할 것이다. 물론 약점이야 존재하지만 그 약점조차 이 정도 경지에 오르면 그냥 힘으로 무시할 수 있는 수준이 된다.

그런 그가 굳이 성문을 후려치지 않는 이유.

당연히 비천객 때문이었다.

후우…….

긴 심호흡과 함께 우챠이의 근육이 정상으로 돌아왔다.

번쩍.

감았다 뜨는 눈에는 정광이 가득했다.

그런 눈을 유지하고, 우챠이가 맹강에게 물었다.

"참, 비천대의 군사가 누군지 파악했나?"

"네, 얼마 전 파악했습니다."

"누구지?"

"진무혜. 이제 서른 가까이 된 여인입니다."

여인이라.

우챠이의 눈살이 찌푸려졌다.

초원은 남존여비의 특성이 굉장히 강하다. 남자가 싸움, 사냥 등 모든 것을 다 한다. 여인은 그저 아이를 낳고, 기르고, 먹을 식사를 준비해 주는 존재에 지나지 않았다.

물론 모든 부족이 그런 것은 아니지만 우챠이는 그중에서도 심했다.

그래서 여인이라는 말에 눈살이 곧바로 찌푸려진 것이다.

"잠깐만, 진무혜? 비천객의 이름이……."

"진무린입니다."

"동생인가?"

"그럴 거라 예상됩니다."

"후후, 오라비는 대주고, 동생은 군사라……."

"……."

맹강은 말을 아꼈다.

그래야 함을, 반드시 그래야 함을 알기 때문이다.

희죽, 일그러지는 우챠이의 얼굴은 이전과는 다른 감정이 들어 있었다. 그것은 분노, 일기 시작함과 동시에 순식간에 절정에 다다른 분노였다.

"특별한 핏줄이라는 건가? 큭!"

입새로 나오는 웃음에조차 참기 힘들어 하는 분노가 깃들어 있었다. 그 특별한 피 때문에 어려서부터 넘어온 사로가 떠올랐다.

기분은 급속도로 내려갔다.

"……."

꿀꺽.

맹강은 물론 뒤에 있던 여인 둘까지, 얼굴이 하얗게 질리기 시작하더니 이내 달달 떨기 시작했다.

맹강도 입술을 깨물어, 피 맛까지 봤건만 주체하기 힘든 오한이 들었다.

우챠이가 분노하는 이유는 알고 있었다.

크게 비밀도 아니다.

북원의 아는 사람은 다 아는 이야기.

전신과 소전신의 사이가 극히 안 좋다는 것 말이다.

이유야 수없이 많다.

하지만 그중 가장 큰 이유는, 이 피를 타고 도는 재능이다.

재능…….

빌어먹을 재능.

우챠이는 지금이야 좋아하지만, 어린 시절… 그 어린 시절. 수없이 많은, 너무나 많은, 정말 셀 수도 없을 만큼 많이 아버지를 저주했다.

전신을 저주했다는 소리다.

물론 그게 무린 탓은 아니지만 우챠이는 이런 것에 특히 민감하게 반응했다.

"깨부수는 맛이 있겠어."

우챠이의 입에서 전과는 다른 감정의 말이 나왔다. 진무혜. 비천대의 군사가 여인이라는 말을 듣고 나서 생긴 변화였다.

맹강은 무슨 말이 하려고 했지만, 할 수 없었다.

우챠이가 손짓으로 나가라고 했기 때문이다. 그에 맹강은 물론 뒤에 여인들까지 전부 파오 밖으로 도망치듯이 나갔다.

후우…….

비 오듯 흐르는 식은땀을 훔쳐낸 맹강은 얼마 안 있어 펼쳐질 일이 떠올랐다. 비천객이 받아들이건, 받아들이지 않건, 무조건 대장전은 펼쳐질 것이다.

우챠이가 마음먹었기 때문이다.

만약 안 나오면 일격에 성문을 박살 내고 진입할 것이다. 협상, 협박을 해서라도, 우챠이는 비천객과 붙을 것이다.

결과는?

맹강은 확신했다.

필승.

우챠기에게 압도적으로 기울었다.

맹강이 아는 한 우챠이를 막을 수 있는 무인은 단 둘에서 셋밖에 떠오르지 않았다. 바타르나 아므라도 우챠이에 비하면 무력으로는 한 수 아래라고 생각했다.

전신.

악마대주.

그리고 강신단주.

비천객의 무력이 뛰어나다 하나 우챠이에 비하면 아직은 조족지혈이다. 맹강은 그렇게 확신했다.

"후우… 내일은 엄청난 하루가 되겠군."

맹강은 손으로 땀을 훔치고는 곧, 우챠이의 바로 옆에 있는 자신의 파오로 들어갔다.

해가 지고, 달이 뜨고.

달이 지고, 해가 뜨고.

그리고 그 해가 중천에 걸렸다.

*   *   *

새벽녘.

차가운 공기가 전신을 타고 돌았다.

겨울의 차가운 바람.

그것도 북방의 삭풍을 상체를 벗고 고스란히 맞고 있는 사내가 있었다. 손에는 한 자루 철창이 보인다.

무린이었다.

"후우……."

폐부 깊숙이 차있던 공기가 빠져나왔다.

가슴속 가득 차있던 불안감도 동시에 빠져나왔다.

웅웅.

머릿속에 공명하듯 울리는 기음.

이륜이었다.

무섭지는 않다.

하지만 우챠이의 이름값이, 그의 명성이, 그 흉포함이 무린을 긴장시켰다. 북방에 있으면 별에 별 소문을 다 듣게 마련이다.

아군의 활약부터 시작해 적군의 악마까지.

모든 소문이 전부 돌도 돈다.

그리고 그 소문들은 당연히 아군의 활약은 과대포장, 적군의 승리는 최소로 줄어들어 전선에 퍼진다.

사기영향 때문이다.

하지만 아무리 줄이려고 해도 줄일 수 없는 것들이 있다.

아군으로 따지면 강신단, 강신단주. 대 명의 최정예인 중갑보병. 중갑기병. 그리고 장양성 대장군 등이 있다.

그럼 적군으로는?

많다.

악마기병. 초원여우.

천리안 바타르와 용병왕 아므라.

그리고 우챠이.

전설인 전신은 그냥 전설이다.

그를 보고 살아 돌아온 자가 손가락으로 꼽을 정도이기 때문이다. 어쨌든 이런 존재들은 제 아무리 줄이고 싶어도 줄일 수가 없다.

위명을 넘어 악명이 너무나 자자했기 때문이다.

무린은 우챠이를 만나본 적은 없었다.

악마기병부터 시작해 초원여우도 만나봤고, 천리안 바타르의 작전에 걸려 몇 주를 숨어 있기도 했었고, 용병왕 아므라의 작전에 당해 산꼭대기에서 아사당할 위기에 처하기도 했었다. 그렇게 전부 직, 간접적으로 만나봤다.

하지만 우챠이만은 만나본 적이 없었다.

'패력. 아니, 아니지. 패력으로 우챠이를 설명할 수는 없겠지.'

한 손으로 말의 다리를 잡아 몇 십장을 날려버리는 힘인데, 그걸 패력이라는 단어로 설명할 수 있을까?

심지어 기합조차 넣지 않는다고 했는데?

제종정도면 거력의 소유자라 할 수 있다. 하늘에서 내린 신력을 타고 났다. 이렇게 말할 수 있는 것이다.

하지만 우챠이는 그 단계를 최소 둘에서 셋은 넘어섰다.

어마어마한, 감히 측정할 수 없는 힘의 소유자인 것이다.

그런 그가 무공을 익혔다.

내력으로 속도까지 얻었으니, 대체 얼마나 무서울까?

들려오던 소문들은 대부분 하나다.

완벽한 학살.

그가 전장에 뜨면, 여태 벌어지던 작전은 전부 무용지물이 된다. 힘으로 계략을 그냥 깨부순다는 소리다.

심지어 장양성 대장군이 직전 계획하고 실행한 작전도 깨부순 전적이 있다고 한다. 그만큼 장난이 아닌 놈이다.

후우…….

기잉, 기잉.

그러니 이륜이 돈다.

지독한 호승심이 불타고 있기 때문에, 그게 너무 과해 심에 악영향을 끼칠까 봐 이륜이 강제적으로 돌고 있는 것이다.

말했다.

무린은 겁먹지 않았다고.

본능적으로 무린은 느끼고 있었다.

오래 걸리지 않을 것 같다고.

그건 단문영이 느끼는 것처럼 어떤, 오감이 아닌 다른 감각에서 찾아오는 정보였다. 상단으로, 뇌리로 직접 떨어져 내리는 정보 말이다.

"오늘, 오늘이다."

오래 걸리지 않을 것이라는 정보는, 다시금 변했다.

바로 오늘.

우챠이가 전면에 나설 것이라 말이다.

그래서 지금 무린은 아침부터, 정신을 다잡고 있었다. 이건 보통 일기토와는 다르다. 피해갈 수 없는 일이다.

어제 회의 때는 말이 나오지 않았지만 생각해 보니 우챠이 정도면 공성병기 따위는 필요도 없었다.

충차의 몇 배에 달하는 힘이 있으니 달려와 그 힘을 가득 실어 성문을 도로 내려치면? 그냥 포탄에 맞은 것처럼 터져나 갈 것이다.

그러면 수성전이고 나발이고 곧바로 길림성은 함락당할 것이다. 무혜의 작전을 펼치기도 전해 사력을 다해 도망쳐야 하는 것이다.

"잡는다."

그러니 잡아야 했다.

우챠이를 잡아 시간을 벌어야 했다.

아니면, 그냥 작전을 포기하고 길림성에서 빠져나가던가.

하지만 무린은 그러고 싶지 않았다.

그 이유의 가장 전면에는 역시⋯ 호승심.

무인의 불타는 호승심이 있었다.

스으으으.

움직이도 않았는데 흐르던 땀들.

그 땀들이 기화하고 있었다.

뿌연 증기로 변해 날아갔다.

무린, 무린도 이미 상당히 성장했다.

일, 이, 삼륜 전부가 성장했고, 이제 극에 달해 갔다. 벽 하나만 넘으면… 무린도 초인의 반열에 들 것이다.

하지만 그전에 일단, 오늘이 중요하다.

무린은 눈을 감았다.

그리고 생각했다.

어떻게 싸워야 할까, 어떻게 방어하고, 어디를 공격해야 하는지를 생각했다. 무엇을 조심하고, 간격을 어떻게 잡아야 하며 등등.

'다 필요 없다. 내 방식대로 싸운다.'

그러나 전부 부질없는 일.

한 번도 싸워 본적 없는 상대와의 심상수련 따위는 조금도 필요하지 않았다. 그렇다면 방법은 결국 하나다.

직접 부딪치는 것.

"후우……."

번쩍!

무린의 눈이 스산한 정기를 머금었다.

전장에 너무나 어울리는 눈빛이 된 무린.

우챠이가 미동도 없이 파오 안에 틀어박혀 있던 것처럼, 무
린도 공터에서 미동도 없이 서 있었다.

해가 중천에 걸렸을 때까지 말이다.

第百七章 일기토（一騎討）

귀환병사

　"오는군."

　묵직한 기파가 느껴졌다.

　아니, 묵직한 정도가 아니라 이건 태산보다도 더욱 큰 중압감이었다. 아직 모습도 보이지 않고 있건만, 성벽으로 향하던 무린은 느낄 수 있었다.

　범인은 결코 느낄 수 없는 힘이다.

　이건 일정 이상 경지에 오른, 적어도 절정은 넘었어야 느낄 수 있는 종류의 힘이었다. 그에, 무린도 피어 올렸다.

　웅웅.

어느새 무린의 이마 앞으로 튀어나온 삼륜.

예전보다도 더욱 확연한 색을 가진 삼륜이 둥둥 떠다니면서 무린의 존재감을 키우기 시작했다.

음…….

뒤를 따르던 관평과 장팔도 느꼈는지, 얼굴이 경직됐다.

"이 정도였나……."

"대주."

느끼는 순간, 전신에 소름이 다다다 내달렸는지 얼굴이 붉게 달아오른 둘은 저도 모르게 무린을 부르고, 부정적인 언사를 내뱉었다.

그러나 무린은 대답하지 않았다.

대답할 겨를이 없는 것도 있지만, 새벽부터 지금까지 만들어 놓은 집중을 깨뜨리기 싫었기 때문이다.

저벅, 저벅.

어느새 성문에 도착한 무린.

저도 모르게 성문에 있던 비천대가 무린을 보고 흠칫, 뒤로 물러났다. 평소의 무린이 아니었다.

그들이 언제나 봐오던 비천대주가 아니었다.

특히, 무린의 이마 앞 삼륜이 너무나 파괴적인 기세를 내뿜고 있었다. 대놓고 이런 기세를 뿌리는 무린은 정말 오랜만에 봤기 때문에 물러난 것이다.

"열어라."

"네!"

무린의 말에 즉각 반응하고 성문을 여는 비천대원.

그그극! 거슬리는 소리와 함께 성문이 열리자 어느새 무린의 신형이 사라졌다.

어느새 저 멀리 나타나 다시금 앞으로 나아가는 무린을 보며 관평은 휴우, 하고 다시 한숨을 쉬었다.

걱정이 됐기 때문이다.

관평도, 장팔도 느끼고 있었다.

분명히 우챠이가 앞으로 나오고 있음을.

그리고 우챠이의 무력이 상상, 그 이상이라는 것을 말이다. 혹시, 잘못하면… 이라는 불길한 생각들이 둘의 머릿속을 스쳐 지나갔다.

무린은 강하다.

둘이 아는 무린은 정말 강하다.

하지만 지금 우챠이가 보내는 기파는… 정말 상상초월.

"후우, 이미 화살은 떠났다. 지켜보는 수밖에 없어."

"알아."

웬만해서는 하지 않는 긴장.

등 뒤로 축축한 땀이 흘렀다.

둘은 성벽으로 올라갔다.

무린의 생사결을 보기 위함이었다.

성벽으로 올라가자 모두가 자신과 같은 생각인지, 끈적끈적한 긴장감이 흐르고 있었다.

시선은 전방.

걸어 나가는 무린에게 고정되어 있었다.

그그극!

다시금 성문이 닫혔다.

무린은 성문이 닫히는 소리에도 멈추지 않았다.

성문과 거리는 약 백 보 정도.

그 거리에서 무린은 멈춰 섰다.

그 순간.

크아아아아!

괴성이라고 해야 할지, 포효라고 해야 할지 감을 잡기 힘든 울림이 전장을 뒤흔들었다. 누구 짓인지 말할 것도 없었다.

우챠이.

그밖에 없었기 때문이다.

점처럼 보이던 북원군이 갈라지기 시작했다. 그리고 그 사이로 점차 점 하나가 보이더니, 거대한 형상을 만들어가기 시작했다.

무린은 그 점을 보고 다시 걸음을 내딛었다.

한 보, 한 보의 걸음이 내딛어질 때마다 점, 우챠이의 기세도, 무린의 기세도 점차 올라가기 시작했다.

무린의 주변으로 공기가 일렁이기 시작했다.

처음부터 극한으로 내력을 끌어 올린 것이다.

너무 시작부터 무리하는 것 아닌가 하겠지만, 이 정도가 아니면 우챠이의 일격도 받기 힘들다는 것을 무린은 알고 있었다.

탁.

무린의 걸음이 멈췄다.

"후우……."

촤락.

동시에 철창이 길게 뻗어지고, 전면을 향했다.

어느새 무린의 동공 가득, 우락부락의 얼굴과 민머리에 문신까지 한, 뱀처럼 꿈틀거리는 흉터로 온몸을 뒤덮고 있는 우챠이가 가득 들어왔다.

둘의 거리가 약 오십 보 정도 됐을 때.

우챠이의 걸음도 빨라지고, 무린도 다시 걸음을 내딛기 시작했다.

대화는 없었다.

쾅……!

그저 부딪침만이 있을 뿐이었다.

*　　　*　　　*

"흡!"

먼저 일격을 내뻗은 건 무린이었다.

어느새 극에 달한 무풍형으로, 지면에 도끼를 때려 박아 거대한 폭음을 만들어낸 우챠이의 일격을 피하고 회전하면서, 철창을 뿌려낸 것이다.

정확히 옆구리를 노리고 들어간 철창은 우챠이의 몸을 그대로 강타했다.

캉!

그러나 무린의 일격은 정말 힘없이 튕겨나갔다.

마치 금속을 때린 듯이 손아귀가 저렸고, 소리조차 쇠와 쇠가 부딪쳤을 때나 나오는 소리가 들렸다.

'역시.'

그러나 무린은 이미 예상한 바였다.

우챠이의 전신이 마치, 금강석처럼 단단하다는 건 북방에 좀 있었던 이들이라면 모두가 아는 사실이기 때문이다.

휙.

바람을 가르는 소리가 들렸다.

그 소리는 찢는 것도, 공기의 파장을 일으키지도 않고 그저 가볍게 가르면서 무린의 뒤통수로 향했다.

그 소리가 시작될 때쯤 무린은 이미 발바닥으로 지면을 찍어 차고 있었다. 신속한 회피동작이었다.

쾅!

여지없이 폭음이 울렸다.

지면이 움푹 파이고, 흙먼지가 사방으로 비산했다. 성인 사내 하나는… 아니, 둘은 들어가서 누워도 될 정도의 구덩이를 도끼질 한 번으로 만들어내는 무시무시한 힘.

일류으로 버틸 수 있을까?

'확신은 못하겠군.'

무린의 삼류공.

그중 일류공은 가장 처음 익힌 공부다.

외부의 타격으로부터 신체를 보호하는데 특화된, 오직 그것만을 위해 만들어진 무공. 소림의 외문무공에 대항하기 위해, 겨루기 위해 탄생된 무공.

그게 바로 일류공이고, 가히 신공이라 불러도 부족함이 전혀 없는 공부다. 하지만 그런 일류으로도 지금 우챠이의 쌍부를 막을 수 있을지, 없을지가 판단이 안 됐다.

내가중수법도 이제는 막을 수 있는 일류이건만.

"흐압!"

우챠이가 거대한 기합을 지르며, 무린이 있던 자리에 다시금 도끼를 때려 박았다. 쾅! 소리와 함께 지면이 폭발한다.

"큭!"

무풍형은 빠르다.

우웅! 하고 전신을 휘돈 내력을 바탕으로 무린은 신형을 뒤로 날렸지만 등줄기로 소름이 내달리는 건 피하지 못했다.

부드럽다.

일격, 일격이 깔끔한 선을 그리고 떨어졌다.

막무가내로 보이고, 그저 힘으로만 싸우는 것처럼 보이겠지만 무린이 보기에는 전혀 아니었다.

'역동적이지만 부드럽다. 일정한 흐름도 있어!'

경각심이 확 들었다.

그저 힘으로만 무식하게 달려든 다면, 사실 그것만큼 상대하기 쉬운 것도 없다. 초식이라는 게 그냥 있는 게 아니었다.

옛 강호만큼은 아니지만 지금도 초식은 강호를 지탱하는 네 개의 기둥 중 하나였다. 그런데 우챠이, 이자.

이미 초식을 뛰어넘었다.

쾅……!

다시금 지면이 박살 났다.

무린도 당연히 뒤로 물러나 있었다.

흙먼지가 비산하지만 무린은 그 흙먼지 넘어 우챠이를 정확히 직시하고 있었다. 부웅, 부웅. 그의 양손에 들린 쌍부가 한 번씩 휘저어지자, 그 풍압에 의해 흙먼지가 순식간에 걷어졌다.

"……."

"……."

그제야 서로 대치하는 둘.

까악.

퉤!

목에 먼지가 걸렸는지 가래를 모아 내뱉는 우챠이. 그 모습은 뒷골목에서 흔히 볼 수 있는 파락호의 모습과 전혀 다를 바가 없었다.

그래, 행동은 그랬다.

그러나 그 거대한 육체에서 뿜어내는 기세는 결코 파락호의 기세가 아니었다. 하늘도 쪼개버릴 신장의 기세였다.

"도망치려고 나왔나."

도망?

우챠이의 말에 무린은 피식 웃었다.

도망, 도망이라…….

무린의 인생에서 도주, 퇴각 등등은 빼놓을 수가 없다. 여태껏 그렇게 살아왔기 때문이다. 그렇게 해서 살아남았기 때문이다.

생존.

그것을 위해서라면 무엇이든 할 수 있는 무린이다. 땅바닥을 구르고, 개처럼 기어서라도 말이다.

무인이라면 절대로 할 수 없지만, 무린은 무인이 되기 이전에 병사였다. 기본적인 속성은 결코 바뀌지 않았다.

"무식하게 힘으로 때려잡으려고 하는데, 그걸 맞받아줘야하나?"

그런 마음가짐이니, 무린의 입에서 비웃음이 나갔다.

무린의 말에 우챠이는 단호하게 대답했다.

"전사라면!"

전사.

북원의 전통을 모를 리가 없는 무린이다. 하지만 그렇다고 해도 그 전통을 무린이 받아줄 이유는 하나도 없었다.

"미안하지만 나는 전사 따위가 아니다."

피식 웃으며 하는 그 말은 분명한 도발이었다.

희죽.

그런데 그 말에 우챠이가 흰 이를 보이며 웃었다.

오싹.

그 웃음을 보는 순간 무린의 등 뒤로 다시금 소름이 돋았다.

"아하? 나랑 똑같네?"

"큭!"

그 말은 어느새 무린의 전면, 몇 보 앞에서 들렸다. 거대한 팔뚝이, 그 끝에 잡은 도끼가 하늘에서 벼락처럼 떨어졌다.

무린은 즉시 반응했다.

'늦었다!'

잠시 대화가 시작되자 상대를 도발해 평정을 흔들려고 했지만, 오히려 역으로 걸려들고 만 것이다.

우챠이.

대화를 건 것도 우챠이 그의 작전이었던 것이다.

쩡……!

있는 힘껏 올려친 철창. 삼륜을 극으로 끌어올려 후려쳤더니 도끼와 철창이 무린의 정수리 부근에서 만나 힘겨루기를 시작했다.

쩌저적!

마치 얼음에 금이 가는 소리가 들리기 시작하다니 두 무기가 만난 부근이 일렁거리면서 아지랑이를 피어올렸다.

파앙!

"큭!"

"흡!"

둘의 호흡이 순간적으로 끊어졌다.

부웅.

우챠이의 신형이 공중으로 붕 떴다. 무린의 내력으로 인해 생긴 현상이었다. 반대로 무린은 무릎을 꿇었다.

우챠이의 막대한 내력이 무린의 무릎을 강제로 접어버린 것이다.

무린은 곧바로 무릎을 폈다.

강제로 접혀지면서 지끈거리는 통증이 느껴졌지만 이딴 통증에 신경 쓸 상황이 아니었다. 어느새 우챠이가 지면에 착지한 뒤, 다시금 무린을 향해 날아오고 있었기 때문이다.

웬만한 무인은 상대도 되지 못할 가공할 속도로 무린을 향해 짓이겨 들어오는 우챠이. 그러니 통증 따위에 한눈 팔 시간이 없는 것이다.

촤악!

우챠이의 양팔이 날개처럼 펴졌다가 접혔다.

어깨, 그리고 반대쪽 옆구리를 노리고 두 개의 도끼가 사정없이 날아들었다. 한 번의 동작. 노리는 목표는 두 곳.

이런 공격은 지극히 힘든데도, 우챠이는 그걸 아무렇지 해내고 있었다. 양팔을 다 쓴다는 것은 분명 방어를 포기한다는 뜻이기 때문이다.

'피하고 친다!'

쉬익!

마음을 먹는 즉시 내력이 용천으로 이동한 뒤 무린의 신형을 뒤로 돌리고, 빠졌다가, 다시금 돌면서 전진시켰다.

"흡!"

숨을 들이마시는 즉시 철창을 내려쳤다.

표적은 흉터가 가득하고, 활강하는 매의 문신이 새겨진 어깨.

쩡!

그러나 이번에도 여지없이 튕겨 나갔다.

힘없이 튕겨지는 철창을 수습한 무린은 빠르게 뒤로 물러났다. 숨 한번 들이마시고, 내뱉을 사이에 무린은 어느새 우챠이에게서 십 보 이상 떨어져 있었다. 타격은 가한다. 그러나 먹히지는 않는다.

어처구니가 없는 상황이다.

그래서 무린의 얼굴은 굳을 대로 굳어졌다.

외문무공의 극이다.

소림.

그곳의 외문무공이 생각나는 무린이었다.

"타앗!"

우챠이가 기합과 함께 다시금 달려들었다.

슈악!

머리 앞으로 떨어지는 도끼. 일반적인 크기와 넓이를 훌쩍 넘어선 그의 대부는 마치 신체의 일부처럼 자연스럽게 손끝을 타고 춤을 췄다.

빙글 돌아 내려치고, 피하면 다시금 반대쪽 대부가 날아든다. 어느 하나 위력적이지 않은 게 없는 일격들.

쩡!

"큭!"

아래에서 올려친 일격이 철창을 강타했고, 무린의 우수가 강제로 하늘로 향하게 만들었다. 큭! 하고 무린의 신음이 들리는 순간 반대로 우챠이는 희죽 웃었다.

마치 걸렸다 하는 회심의 미소였다.

"카악!"

가래가 끓는 기합과 함께 우챠이의 남은 대부가 무린의 정면으로 날아들었다.

정수리를 향하고 떨어지는 대부.

'못 피해!'

경각심이 극에 달했다.

기잉!

가아앙!

주인의 위험.

그 위험을 감지한 일륜이 즉시 깨어났고, 격렬하게 울었다. 즉각 무린의 정수리로 이동. 일륜이 그 존재감이 발했다.

그아앙!

무린의 정수리에서 환한 빛이 터졌다.

우윳빛 광채가 사방을 밝혔고, 동시에 대부가 무린의 정수리를 강타했다.

쩡! 쩌저적… 쾅!

"크악!"

"컥!"

우챠이는 격렬한 반탄력에 대부를 손에서 놓쳤다. 손아귀가 죄다 찢어지고 사방으로 피를 뿌렸다. 그리고 동시에 포탄에 맞은 것처럼 튕겨나가 바닥을 굴렀다.

반대로 무린은… 지면에 처박혔다.

얼굴부터 그대로.

꿈틀.

순간적으로 의식이 날아간 무린의 전신이 마치 작살 맞은 물고기처럼 한 차례 푸들거리더니 축 늘어졌다.

제아무리 일류으로 막았다고 하더라도, 상대를 반탄력으로 저 멀리 날려버렸다고 하더라도 무린 역시 막대한 타격을 입은 것이다.

"크으, 으윽!"

우챠이 또한 손아귀만 찢어진 게 아니었다.

정수리를 때리는 즉시, 무린의 정수리에서 휘황찬란하게

번쩍이고 있던 일륜이 대부를 막고, 밀어내고, 세 번째는 침투했다.

대부의 날을 타고, 손아귀를 타고, 팔의 기혈로 거침없이 파고들었다.

"크악!"

마치 송곳 같은 무린의 내력이 오른팔을 헤집고 다니자 우챠이는 기합을 넣어 그 내력을 잡아 터뜨려 버렸다.

울긋불긋, 우챠이의 피부색이 변하면서 동시에 부풀었다 줄었다. 그렇게 몇 차례나 반복하고 나서야 가라앉았다.

"크으……."

그리고 그렇게 우챠이가 팔을 회복했을 때, 무린도 의식을 차렸다. 그 후 큭! 하고 신음을 뱉더니 곧바로 몸을 웅크렸다가 활짝 펼치며 뒤로 물러났다.

탁.

"으으……."

착지한 직후, 아직 어지러운지 비틀거리는 무린. 그러나 곧바로 머리를 몇 차례 털어 정신을 차리고는 정면을 직시하는 무린이었다.

정면에는 한 마리 짐승이 서 있었다.

크르르.

맹수의 울부짖음을 들은 무린은 아직도 눈앞에서 반짝이

던 별이, 곧바로 자취를 감추는 것을 보았다.

지금 우챠이는 맹수였다.

상처 입은 맹수? 아니, 상처를 입어서가 아니라, 자신에게 대들어서 화가 난 맹수였다.

무린의 일류이 준 반탄력은 이미 해소시켰다.

하지만 그 과정에서 통증을 느꼈으니 지금 맹렬한 분노를 발산하고 있는 것이다. 그렇다면 무린은?

까드득……!

소름 끼치는 이가는 소리.

동시에 입새로 애끓는 신음 같은 한 마디가 흘러나왔다.

"죽여 버린다……."

그것은 선포이자, 자신에게 하는 맹세였다.

다짐이었다.

그런 무린의 맹세를 들었는지 우챠이의 얼굴에 귀신같은 미소가 그려지기 시작했다. 마치, 너 따위가. 감히 너 따위가!

나를 죽여?

나에게 대들어?

하는 미소였다.

"크아아!"

양팔을 활짝 펴고, 우챠이가 다시금 달려들었다. 무린도 마찬가지였다. 이미 통증은 사라졌다.

의식이 잠깐 끊어지기는 했지만 일륜은 완벽하게 우챠이의 일격을, 그것도 정수리로 떨어지던 일격을 막아냈다.

그것은 자신감이 됐다.

밀리지 않는다는 자신감 말이다.

부웅!

궤적을 그리고 다시금 우챠이의 대부가 선수를 노리고 떨어졌다. 왼쪽에서부터 어깨를 노리고 사선으로 떨어지는 일격.

무린은 그 일격에 창을 갔다 댔다.

쩡!

부딪치는 즉시 무린의 철창이 밑으로 밀렸다.

힘으로 안 된다는 것을 알면서도 왜?

"흡!"

기합과 함께 내리누르는 힘을 이용, 창끝이 수직으로 솟구쳤다. 이 일격은 피하고 자시고 할 것도 없이 그대로 우챠이의 턱 끝에 작렬했다.

깡!

마치 쇠를 두드린 소음이 울렸다.

턱을 얻어맞은 우챠이의 고개가 뒤로 벌컥 뒤집혔다가 원상태로 돌아왔다.

이글이글 불타는 눈빛.

그건 조금도 상처를 받은 눈동자가 아니었다.

슈악!

목이 쭉 앞으로 나오더니, 그대로 반대쪽 대부가 또다시 무린의 옆구리를 노리고 날아들었다.

무린은 이번에도 피할 수 없다는 걸 깨달았다. 그래서 즉시, 옆구리로 의식을 집중했다.

후웅! 하고 떠오르는 빛.

빛이 떠오르자마자 우챠이의 대부가 사정없이 때려 박혔다.

쩡!

하고 파열음이 들리고, 둘이 지근거리서 이를 악물고 서로를 노려봤다. 밀리는 순간 죽는 무린.

뚫지 못하면 고통만 얻는 우챠이.

둘 다 진심, 그리고 전력이었다.

쩌적, 쩌저적.

단단한 물체에 금이 가는 소리가 들리더니 이내 한계치를 순식간에 넘어섰다. 넘은 순간 다음은 빛의, 힘의 파열이었다.

파앙!

뚝!

우직!

우윳빛 광채가 또다시 터졌다.

"컥!"

"크윽!"

둘은 또 강제로 거리를 벌렸다.

우챠이는 대부를 툭, 놓치더니 손목을 부여잡았고, 무린은 전의 격돌에서 우챠이가 그랬던 것처럼 엄청난 속도로 날아가 지면을 굴렀다.

덜컹거리는 우챠이의 손.

반대로 옆구리를 부여잡고 일어서는 무린.

우챠이는 손목이 부러지며 빠졌고, 무린은 갈비뼈에 금이 갔다. 전투를 개시한지 얼마 되지도 않았는데 서로 부상을 입었다.

'역시 만만치 않군.'

무린은 우챠이를 쉽게 잡을 수 있을 거라는 생각은 애초에 하지도 않았다. 알려지기로도 절정을 넘어선, 초인의 경지에 도달했다고 했기 때문이다.

하지만 그럼에도 무린은 자신이 있었다. 이기지는 못해도, 지지는 않을 것이라 생각했다. 그런데 조금씩 밀리고 있었다.

정수리를 얻어맞은 것도 그렇고, 이번에도 그렇다.

둘 다 부상은 입었지만 부상당한 부위를 생각하면 무린은 자신이 손해를 봤다고 생각했다.

'저쪽은 손목, 나는 옆구리. 빌어먹을……'

옆구리.

갈비뼈 쪽은 웬만해서는 부상당해서 좋을 게 하나도 없는 곳이다. 오장은 물론 인간에게 가장 중요한 장기들을 보호하는 외벽이기 때문이다.

이 외벽이 부서지면 어디를 찌를지 모른다.

금이 간 뼈가 완전히 부서지고, 그 날카로운 끝이 폐나 간을 찌른다면? 말할 것도 없다. 심각한 중상으로 이어질 것이다.

반대로 우챠이의 손목은?

'제길……'

전면에 보이는 우챠이는 허리를 감고 있던 천을 찢어 손목에서 아귀로 돌려 꽉꽉 감고 있었다.

손목을 강제로 맞추고, 고정시키고 있는 것이다.

이렇게 되면… 무린의 옆구리 부상이 더욱 심하다.

하지만 그렇다고 방법이 없는 것도 아니다.

'집중 공략.'

저 손목.

크크크, 웃고 있는 우챠이의 왼쪽 손목을 집중 공략해서 심각한 부상으로 전환시켜야 했다. 그래야 승산이 있다고 순간적으로 판단을 끝내는 무린이었다.

자, 그럼.

판단이 끝났으면?

공략이다.

타닷! 지면을 박차는 소리와 함께 무린의 신형이 쭈욱 늘어났다. 흐릿한 잔상은 마치 엿가락을 잡아당긴 것처럼 보였다.

극성, 정말 극으로 일으킨 무풍형의 신위였다.

부웅!

무린이 갑작스럽게 도착하자 우챠이가 다시 웃더니 대부를 내려찍었다.

획.

급격히 멈춰선 무린이 고개를 젖히자, 무린의 앞머리를 우수수 끊어내고 대부가 스쳐지나갔다.

스팟.

대부가 공기를 가르며 지나가며 생긴 풍압에 볼에 긴 혈선이 그려졌으나 무린의 눈동자는 조금도 동요하지 않았다.

그리고 정확히 제 이격을 위해, 아니면 방어를 위해 올라오는 왼손의 대부를 후려쳤다.

쩡!

"큭!"

삼륜은 송곳이다.

회전하고, 파고든다.

대부의 넓은 날을 타고 올라간 삼륜의 내력이 손바닥으로 통해 우챠이의 신체로 파고들었다. 그 순간 무린은 떠올렸다

'됐다!'

하지만 그건 무린만의 생각이었다.

너무 빠른 확신이었다는 걸 깨달은 건 정말 '됐다' 라는 생각을 떠올린 직후였다.

"크핫!"

파삭!

자기그릇 따위가 깨지는 소리. 그 소리를 무린은 정확히 들었다. 그리고 그 소리가 어떤 현상에 의해 나오는지 곧바로 깨달았다.

그건 우챠이의 내력이 무린의 내력을 몸속에서 깨뜨려, 파훼시켜버리는 소리였다.

'제길!'

즉시 무린은 신형을 뒤로 퇑겼다.

그리고 다시 무린이 있던 자리로 어느새 우챠이의 대부가 훑고 지나갔다.

간발의 차는 아니었지만, 무린은 그 다음 순간 기겁할 수밖에 없었다.

"큭!"

흙의 색. 탁한 황토색 줄기가 무린의 가슴팍으로 거칠게 파

고들었다. 그건 무린이 빠지는 속도와 비슷해서 절로 이를 악물게 만들었다.

타닷.

타다다닷!

뒷걸음질 치는 중인지라 중심을 바꾸고 다른 회피를 하기에도 불가능했다. 거기다가 설상가상으로 우챠이가 흉포한 미소를 머금고 전면으로 쇄도하고 있었다.

'쳐낸다!'

방법이 없다.

무린은 즉시 판단을 내리고, 다리를 멈췄다. 지이익! 하고 힘을 이기지 못한 무린의 신형이 뒤로 밀려났다.

멈추자마자 어느새 우챠이의 부기(斧氣)가 무린의 가슴팍으로 쇄도했다.

쾅!

촌각의 시각.

무린은 철창을 위에서 아래로 후려쳤다.

우웃빛을 잔뜩 머금은 무린의 철창에 맞은 우챠이의 공격은 그대로 지면에 처박혔고, 폭음을 만들어냈다.

그러나 무린은 그 즉시, 근육을 극한으로 수축시켜 재차 두 번째 방어에 들어갔다.

쩡!

흙먼지를 뚫고 날아 들어온 우챠이의 대부를 무린은 다시금 정확히 쳐냈다. 이번에는 힘이 아닌, 정확히 보고 옆으로 빗겨 쳐냈는지라 둘의 신형이 중심을 잃고 쓰러져 뱅글뱅글 돌았다.

파바박!

그러나 즉시 일어나 서로의 위치를 확인하는 무린, 그리고 소전신 우챠이.

"……."

"……."

잠시간 또다시 침묵이 감돌았다.

그러나 그건 굉장히 짧았다.

"크큭, 크크크!"

크하하!

흉성 가득한 웃음이었다.

우챠이는 이 상황이 너무나 재미있는지, 흰 이를 드러내고 미친 듯이 웃기 시작했다.

미친 건가? 실성?

아니, 절정을 넘은 무인이 미칠 리가 없지 않은가.

그는 지금 진심으로 즐거워하고, 재미있어 하고 있었다. 번들거리는 눈동자에는 분명 지독한 기세가 가득 차있지만, 입 꼬리에 달려 있는 건 분명히 즐겁다는 미소가 분명했다.

그럼 무린은?

"……."

무린의 입가에도 미소가 걸려 있었다.

재밌어서가 아니다.

무린은 지금 심취되어 있었다.

극한의 상황.

한순간의 방심이 목숨을 빼앗기는 이 상황에 제대로 빠져 있었다.

그것은 무인의 피. 끓는 강호의 피가 무린을 장악했기 때문 이었다.

웅웅.

다시금 무린의 눈앞에 삼륜이 떠올랐다.

전력.

'반드시 죽인다…….'

전력으로 쳐죽이겠다는 생각은 무린이 떠올린 즉시 생긴 현상이었다.

그런 무린의 삼륜에, 우챠이의 양손에 잡힌 대부에도 적갈 색의 기운이 스멀스멀 모여들기 시작했다.

지금까지도 전력이었다.

하지만 지금부터는 그 전력이란 것을 넘어, 정말 극한의 상황이 펼치겠다는 걸 적나라하게 예고하고 있었다.

　수장들의 일기토(一騎討), 목숨을 건 생사결(生死結)은 지금
부터 시작이었다.

第百八章 접전(接戰)

귀환병사

콰과곽!

콰! 소리와 함께 대지에 박힌 대부가 마치 지진이 난 것처럼 바닥을 뒤집었다. 금이 쩌적가고 흔들리는 게, 용암이라도 뿜어져 나올 기세였다.

일력(一力).

하나의 힘.

달리 표현하자면 수많은 무공 중에서 힘으로는 으뜸, 감히 첫 번째라 스스로 지칭하는 우챠이의 무공이다.

진심전력으로 내려치는 우챠이의 일격은 정말 태산이라도

쪼개버릴 기세였다. 아니, 기세만 있는 게 아니라 실제로 그
정도의 위력을 보여주고 있었다.

챠앙!

맑은 울음소리.

그 소리와 함께 맑은 우윳빛 휘광이 번쩍였다. 번쩍인 다음
에는 마치 뇌전처럼 지면에 박힌 대부를 회수 중인 우챠이에
게 날아갔다.

"홍!"

쩡……!

파삭!

그런 무린의 창기를 우챠이는 콧방귀와 함께 후려쳐 깨뜨
려 버렸다. 압도적인 힘을 이용한 방어였다.

그러나 무린의 공격은 이게 끝이 아니었다.

촤라락!

어느새 박차고 간격을 좁힌 무린이 창을 찔러 넣었다. 손목
의 탄성을 이용해 전사결을 넣었는지 철창은 어느 순간 급속
도로 회전하고 있었다.

"홉!"

쩌정!

그러나 이번에도 무린의 일격은 막혔다.

어느새 반대쪽에서 올라온 대부의 넓은 면이 찔러 들어오

는 철창을 가로막고, 적갈색 기운으로 무린의 전사결이 담긴 삼륜의 내력까지 막아섰다.

"크으……!"

"흐읍!"

막는 우챠이의 얼굴이 일그러졌다.

대부에 씌어놓은 자신의 내력을 뚫으려는 무린의 내력이 정말 심상치 않음을 느낀 것이다. 느끼고 막으려고 사력을 다하자 저절로 억눌린 신음이 나왔다.

반대로 무린 역시 숨을 들이마시며 힘을 집중했다.

누누이 말했지만 삼륜의 내력은 관통의 내력이다.

돌고 도는 바퀴.

그 가공할 회전력을 이용해 막는 모든 것을 꿰뚫어 버리는 게 바로 삼륜의 내력이다.

'뚫는다!'

무린은 정말 진심전력으로 힘을 집중했다.

마침 대부를 든 손도 부상을 입은 왼손.

가가각!

막으려는 적갈색의 내력, 꿰뚫으려는 우웃빛의 내력. 두 내력이 맞부딪치며 파훼되고 힘을 다한 내력이 사방으로 튀었다.

그것은 마치 금속과 금속이 깡! 하고 부딪쳤을 때 생기는 불똥의 모습과 비슷했다. 그걸 보며 무린은 먹힌다고 생각했다.

뚫을 수 있다!

그러나 이번에도 역시 이른 판단이었다.

"흐아압!"

우챠이의 오른손이 번쩍 들어 올려졌다.

한손으로는 무린의 공격을 막으면서 다른 손으로 무린을 공격할 셈이라는 것을 무린은 즉시 깨달았다.

'미친!'

그게 가능한가?

가능하다.

절정을 넘어선 우챠이라면.

소전신이라 불리며, 북방에서는 천리안, 용병왕만큼이나 절대 만나서는 안 될 인물로 불리는 우챠이라면 가능하다.

후웅!

대부가 이번에는 무린의 손목을 노리고 떨어졌다.

보통의 대부라면 그 사정거리가 짧겠지만, 우챠이의 대부는 그 크기를 달리하는 거대한 무기다.

사정권에 들어가는 것은 물론, 내력의 발출도 가능하니 잘못하다간 손목이 그대로 뎅강! 잘려버릴 것이다.

'빌어먹을!'

사실 양수로 무기를 운용하는 건 지극히 위엄하다.

공격일변도이고, 방어가 힘들기 때문이다.

두 손으로 무기를 들고 막는 것과, 한 손으로 막는 것과는 차이가 확연히 난다. 그래서 일격필살이 가능하지 않다면 보통 쌍수 무기는 사용하지 않는다.

하지만 우챠이는 달랐다.

쌍수로 무기를 운용하면서도 공격, 방어가 전부 자유자재로 가능했다. 초식조차 넘어버렸으니 가능한 일이고, 그의 내력, 무력 자체가 이미 절정을 넘었기에 가능한 일이었다.

쩌저저… 퉁!

무린은 급히 손목을 튕겨 철창에 반동을 줬다. 그러자 그 반동에 철창이 뒤로 튕겨 나왔고, 무린은 손목을 곧바로 당기면서 비틀었다.

동시에 발을 뒤로 당기며 신형을 회전시켰다.

후웅!

무린이 도는 순간 우챠이의 대부가 무린이 서 있던 공간을 갈랐다.

쾅!

지면에 포탄이 박힌 것처럼, 다시 한 번 터져 나갔다. 이 공격을 그냥 맞았다면? 상상만 해도 끔찍하다.

아니, 애초에 제대로 된 자세가 아니라면 막지도 못했을 것이다. 쉬익! 회전하는 무린의 팔이 날개처럼 퍼졌다.

그러자 그 손에 잡힌 철창도 같이 공간을 가르며 우챠이의 목으로 향했다. 하지만 공격의 순간 급히 내지른 일격이라 내력이 충만히 들어가지 못했다. 그래서 무린은 이번 일격도 막힐 것이라는 걸 깨달았다.

깡!

"큭!"

무지막지한 힘이 담긴 대부가 무린의 철창을 쳐냈다. 그 순간에 몸을 울리는 통증 때문에 무린은 미약한 신음을 흘렸다.

하지만 어느새 몸은 반대로 틀어버렸기에 우챠이의 힘을 받아 신형을 다시금 뒤로 뺐다.

휘리릭.

공중에서 몇 바퀴를 돌고 지면에 착지한 무린은 그 순간 즉시 발바닥에 힘을 주고 뒤로 다시 한 번 튕겼다.

쾅!

쩌저적!

어느새 번개처럼 다가온 우챠이가 무린이 서 있던 자리에 다시금 대부를 때려 박았다. 대지가 울부짖고, 고통의 비명을 내질렀다.

쩍쩍 갈라지고, 자갈이 튀고, 흙먼지가 뭉게구름처럼 피어올랐다.

촤라락!

그 흙먼지를 우윳빛 창기가 가르고 들어왔다.

쩡!

파바박!

우챠이는 그 창기를 정말로 무식하게 반대 손의 대부로 내려찍어 지면에 처박아 버렸다. 처박힌 무린의 창기는 지면을 뚫고, 그대로 종적을 감췄다. 관통의 내력이니, 지면에 박히자마자 땅을 파고 들어가 소멸해 버린 것이다.

"큭."

흙먼지 너머에서 무린의 신음이 흘렀다.

특성이 이런 식으로 작용하자 순간 어처구니가 없던 것이다. 그러나 그런 어처구니없던 마음도, 숨 한 번 마시고 내뱉자 사라졌다.

우챠이의 대부가 다시금 무린의 어깨부터 사선으로 떨어지고 있었다. 순식간에 먼지구름을 뚫고, 그것도 새하얀 이가 보이는 미소와 함께 나와 공격을 해오는 우챠이 때문이었다.

'피해야 돼!'

맞받아치는 건 뼈를 내주는 것과 같았다.

실제로 무린의 갈비뼈는 상당히 상태가 좋지 않았다. 지금이야 미약한 통증만 유발시키고 있지만 언제 뚝! 하고 부러질지 몰랐다.

무린의 왼발이 뒤로 회전했다.

동시에 빙글.

무린의 신형이 회전하자 우챠이의 대부는 정말 간발의 차로 어깨를 스치고 지나갔다. 팟! 하고 피가 튀었지만 이 정도 생채기야 상처도 아니었다.

깡!

회전하던 무린의 신형이 빙글 떠오르더니 그대로 축이 되었던 왼발로 우챠이의 턱을 걸어챘다.

그러나 우챠이는 그 순간에도 턱을 뒤로 재꼈다. 좀 전 그 소음은 발끝에 겨우 걸려 나온 소음이었다.

방어 후 공격.

이미 계산에 넣었기에 삼류의 내력은 무린의 발끝에 머물러 있었지만, 우챠이 또한 이미 내력을 집중시킨 터였다.

그마저도 우챠이가 턱을 재끼는 바람에 삼류의 특성이 발휘되기도 전에 파훼 당했다.

무린의 반응속도도 빠르지만, 우챠이도 결코 떨어지지 않았다.

'괴물······.'

정말 괴물 같은 놈이었다.

태산도 쪼갤 힘, 무린의 무풍형 보다는 못하지만 순식간에 간격을 좁히는 속도, 웬만한 공격은 그대로 튕겨내는 맷집,

마르지 않는 샘물 같은 체력, 맹수와 다를 바가 없는 순발력.

그리고 최대 장점인… 정신력.

그 어느 하나 떨어지는 게 없었다.

'과연 소전신이라는 거냐?'

저절로 이를 으득 소리가 나게 악무는 무린이었다.

단 한 번도 본적이 없는 북원의 전신.

그의 아들이어서, 그에게 무공을 사사 받은 우챠이.

전신의 이름도, 소전신의 위명도, 아주 조금도 허명이 아니었다. 이십 보 정도의 간격 벌린 무린이 우챠이를 바라보자 그는 손등으로 턱을 문지르고 있었다. 하지만 그건 통증 때문에 하는 행동은 아니었다.

빙글 웃는 미소가 입에 걸려 있었기 때문이다.

"재미있군. 아주 재미있어……."

턱을 매만지며 나온 우챠이의 말에 무린은 저도 모르게 피식 웃었다.

재밌다? 지금 이 상황이?

사실 아주 솔직히 말하자면, 무린도 지금 같은 심정이었다. 그러다 보니 무린의 입가에도 미소가 서서히 걸리기 시작했다.

"처음으로 동의하지."

"크크, 강하군. 강해. 생각 이상으로 강해. 비천객이라 했나? 이름은?"

이제 와서 통성명인가?

웃긴 일이지만 무린은 선선히 대답해줬다. 극한의 내력으로 움직인 탓에 폐가 비명을 지르고 있었다.

멀쩡한 것 같지만, 속은 결코 멀쩡하지 않다는 뜻이다.

회복시간이 필요한 시점이었다.

"진무린이다."

"진무린이라… 좋은 이름이군."

이는 우챠이도 마찬가지였다.

이름이 좋다는 게 아니라, 우챠이도 회복시간이 필요하다는 뜻이었다. 몇 십 합 안 되게 주고받았지만 둘은 시작부터 거의 전력으로 붙었다.

간을 보거나, 상대를 탐색하거나 이런 과정 따위는 일절 없이, 그저 힘껏 상대를 죽이려고 맹공을 퍼부었다.

준비가 되어 있던 육체라 하더라도 이 정도로 공방을 주고받았으니 우챠이도 폐를 비롯한 호흡기관들이 꼬리에 불붙은 망아지처럼 날뛰고 있었다.

다만 무린도, 우챠이도 헐떡이는 숨을 내뱉지는 않았다.

그것 자체가 지쳤다고 나 자신을 알리는 꼴이었기 때문이다.

"내 소개도 하지. 북원의 소전신, 우챠이다."

군더더기 없는 깔끔한 자기소개였다.

그러나 그뿐.

"반갑다는 인사는 생략하지."

"크킄! 그건 나도 마찬가지다."

서로 병장기를 주고받았으니 정이 생겼다? 설마, 그럴 리는 전혀 없었다. 어차피 호흡을 되돌리기 위해 아무런 쓰잘데기 없는 대화를 주고받고 있다는 것을, 서로나 너무나 잘 알고 있었다.

아직은 회복 중.

우챠이가 이번에도 먼저 말문을 열었다.

"비천객에 대한 정보는 이미 여우새끼들한테 들어서 알고 있지. 더럽고 지저분한 전장에서 십 년이 넘는 세월을 병사로 종군했고, 전역 후 무공을 익혔다. 전역 후, 전역 후 무공을 익혔는데 이 정도 경지라… 크킄, 대단하군. 정말로 대단해. 크크크킄."

그렇게 말하고 웃는 우챠이. 마지막의 웃음은 마치 자조적인 웃음과 비슷했다. 그에 무린은 피식 웃었다.

비웃음이다.

"뒤질 고비를 수없이 넘기니 강해지더군. 너는 그런 적 없나?"

"나? 나 말인가? 죽을 고비를 넘은 적이 없냐고 묻는 대상이 정말 나인가?"

이번에는 기가 차다는 어투였다.

순식간에 우챠이가 비릿한 웃음을 베어 물었다.

"일곱 살 때 도끼를 들었다. 왜 들었을까?"

"내가 알 턱이 있나."

"내 눈앞에 굶주린 늑대새끼 한 마리가 있었기 때문이다. 그럼 그 늑대새끼를 내가 왜 만났을까? 일곱 살의 코흘리개 가?"

그것은 명백한 분노였다.

어떤 특정 대상을 향해 쏘아 보내는 거침없는 적의(敵意)였 다.

"……"

무린은 당연히 대답하지 않았다.

우챠이가 분노하고 있다.

가만히 내버려 두는 게 너무나 상책이기 때문이다. 분노는, 이성을 마비시킨다는 지론이 무린이 침묵이 상책이라 생각하 는 이유였다.

"네놈들이 전신이라 부르는 작자의 소행이지. 아니, 그러 고 보니 늑대를 만난 게 아니군. 늑대우리에 던져졌으니까. 크큭!"

"……"

무린은 눈살을 찌푸리지도 않았고, 어떤 대답도 하지 않았다. 전신이 우챠이를 늑대우리에 던졌다는 사실은, 무린에게 어떠한 감정도 일게 만들지 못했다.

왜?

남 일이기 때문이다.

그것도 그냥 남이 아닌, 적의 일이기 때문이다.

그가 어떻게 강해졌건, 그 때문에 전신을, 자신을 낳아준 아버지를 증오하건, 그건 무린에게 아주 조금도 중요하지 않았다.

지금 현재 중요한 건 딱 하나.

'더 분노해라.'

그리고 이성이 무뎌져라.

마비되라.

혼탁해져라.

그게 무린에게 지금 현재 가장 중요하고, 무린이 지금 시점에서 가장 원하는 일이었다.

"죽을 고비? 열한 살 때는 아마 호랑이 우리였던가? 큭, 맞아 호랑이 우리였지. 그 다음해는 곰이었나? 크큭, 기억도 희미하군. 그런 나에게 죽을 고비? 큭큭, 웃으라고 한 소린가?"

우챠이의 말에 무린은 이번에는 대답 대신 피식 웃을 수밖에 없었다. 그리고 더불어 대답까지 나왔다.

"그래서, 나보고 동정이라도 해달라는 건가?"

"동정?"

"말하는 투가 꼭 위로받고 싶어 하는 것 같아서 말이야."

"설마 그럴 리가, 큭큭."

우챠이의 입새로 끓는, 어떤 특정 감정에 가득 담겨졌다 나온 웃음소리가 흘러나왔다. 그러던 우챠이가 갑자기 아 하고 무엇인가를 깨달은 표정을 지었다.

"동생이 군사라지?"

"……."

말문이 턱 하고 막히는 무린.

무린의 마음속에 있던 여유가, 조금 전까지만 해도 우챠이가 분노하고, 이성이 탁해지길 바랬지만, 지금은 반대로 무린 본인의 분노가… 수직 상승하고 있었다.

왜?

가족, 동생, 무혜의 이야기를 꺼냈기 때문이다.

그래, 언제까지 숨길 수 있으리라 생각지는 않았다.

초원여우.

어마어마한 첩보력을 가진 집단.

북원의 모든 군사작전은 초원여우가 물고 오는 정보에서 시작된다고 해도 전혀 과언이 아니다.

천리안 바타르의 작전 역시, 초원여우의 정보력을 기반으로 짜여지고, 펼쳐진다. 그만큼 초원여우가 가진 정보력은 대단하다.

하지만 중요한 건 초원여우가 아니다.

무혜의 정체가 들통 났다는 사실이 아니다.

지금 이 시점에서, 우챠이가 무혜의 존재를 거론했다는 것 자체다. 굳이 안 해도 될 말인데 했다는 것은 의도적이라는 것.

"큭큭, 크크크."

무린의 표정을 본 우챠이가 적나라한 웃음을 흘렸다. 그 웃음 속에 어떤 감정이 들었는지, 무린은 즉시 파악했다.

음탕.

그 이상의 것.

무린의 입술이 쩍 갈라지며 열렸다.

"넌… 반드시 죽어야겠다."

"큭큭, 할 수 있다면… 해보시던가."

상황이 급반전 됐다.

우챠이는 멍청하지 않았다.

오히려 역으로, 무린에게 심계를 걸었다.

그것도 무린의 가장 큰 역린인 가족을 바탕으로 말이다.

가족, 어머니 호연화나 무혜, 무월은 무린을 지탱하는 원동력이다.

이 모든 행동이, 가족을 위해서라고 한다면 상당히 벗어나 긴 했지만 결코 그걸 잊지 않고 있는 무린이다.

흑산에서 왜 그렇게 발악을 했던가.

악마기병, 초원여우. 북원의 전사들에게 포위당했으면서 도 왜 그렇게 생존의 불꽃을 끝에, 끝까지 태웠던가.

가족.

그것 때문이다.

그런데 가족을, 그것도 무혜를 거론해?

전에 없던, 무린답지 않은, 너무나 지독한 살심이 무린을 중심으로 일어나기 시작했다. 그것은 지금까지 무린이 보여 줬던 살심과는 전혀, 정말 차원이 다른 살기였다.

피부가 저릿저릿하다 못해 베일 정도의, 너무나 농도 짙은 살기였다.

시리도록 차가운 미소를 무린이 지었다.

그 미소는 정말 숨기는 것은 단 한 점도 없는, 내 자신의 내 면을 모조리 꺼내 던져 보여주는 진심 그 이상의 미소였다.

"흥분했나?"

그런 무린이 재미있었는지, 아니면 자신의 의도대로 되어 서 기쁜지 우챠이가 이번에는 다른 미소를 지으며 물었다.

"……."

그러나 무린은 대답하지 않았다.

다만 행동을 보일 뿐이었다.

우챠이의 상단을 겨누는 창.

쿵.

대지를 울리는 진각과 함께 자세가 넓어졌다. 전형적인 창을 무기로 쓰는 무예가들의 자세를 보여줬다.

그에 우챠이도 즉시 자세를 바꿨다.

날개처럼 펼쳐 치는 그의 대부에 이제 어둑어둑 해진 하늘, 커다란 먹구름이 해를 가리기 전 쏘아 보내준 마지막 빛을 받고 반짝거렸다.

북으로 갈수록 기후는 지랄 같다더니, 해가 쨍쨍하던 하늘은 어느새 비구름을 잔뜩 머금고 있었다.

우르릉.

어둑해진 하늘이 순간적으로 번쩍이더니 다시금 가라앉았다.

한바탕 퍼 부울 것이라 아주 대놓고 예고하는 하늘. 그와 더불어 무린과 우챠이의 삼차전도 시작될 것이라 예고하는 하늘.

콰르릉……!

세상이 다시 한 번 내리꽂히는 벼락에 번쩍였다.

그리고 다시 어두워져 있을 땐 두 사람의 신형은 이미 온데
간데없이 사라져 있었다. 극한의 속도로 시야를 벗어난 것이
다.

그것을 포착한 것은 겨우 열에서 열다섯 정도.

쾅……!

나머지는 그저 포탄 터지는 소리로 인해 '아, 두 사람이 다
시 부딪쳤구나' 하고 깨달았을 뿐이었다.

第百九章 혈투(血鬪)

콰가각!

무린은 지면을 뒹굴었다.

작정하고 내지른 찌르기를 우챠이가 정확히 빗겨 쳐냈기 때문이다. 그래서 목표를 잃은 힘을 제어하기도 전에 바닥을 굴렀고, 구르다가 두 다리를 급히 당겨 뒤로 날았다.

쾅!

무린이 있던 자리에 바위가 있었는지, 아니면 포탄이 있었는지 모를 정도로 거대한 폭음이 일었다.

전보다, 전보다 더욱 강해진 우챠이였다.

'싸울수록 깨어나는 부류!'

착지하는 순간 무린이 떠올린 생각이다.

무린은 분노했다.

하지만 무린에게는 이륜공이 있다. 내면의 심마를 잡아주는 이륜공은 무린의 분노가 어느 지점을 지나는 즉시 깨어났다.

그리고 주인에게 경고를 가했다.

기잉!

기잉!

애처롭게 울면서 알려온 그 경고를 무린은 무시하지 않았다. 그래서 받아들이는 순간 이성은 싸늘하게 식었다.

마치 북해의 얼음물에 담갔다가 뺀 것처럼 급속도로 식었다.

직후 무린은 분노는 하되, 이성은 냉정하게 유지했다.

전투를 위한 최적의 조건이었다.

분노는 없던 힘을 줄 것이고, 냉정한 이성은 최적의 상황 판단력을 줄 것이다. 그런 무린은 우챠이가 어떤 부류의 무인인지 감을 잡았다.

가끔가다 이런 무인이, 전사가 나온다.

싸우면 싸울수록 강해지는 인간이 말이다.

그것은 천성이다.

태생이다.

타고난 것이다.

동시에 모든 것을 갖추어야만 힘을 발휘하는 부류다.

그 모든 것 중 가장 중요한 것은 끝없는, 마르지 않는 투지다. 꺼지지 않는 불굴의 전투의지다.

우챠이에게는 그게 있다.

그렇기에 싸울수록, 상대가 강할수록 점점 더 강해지고 있었다.

하지만.

'네놈만 있는 줄 아나!'

이를 악문 무린의 창이 갈대처럼 휘었다.

철임에도 상당한 탄성을 보여주는 무린의 철창은 쾅! 소리를 내며 땅바닥에 다시 대부를 처박힌 우챠이의 옆구리를 사정없이 때렸다.

쩡!

쩌적!

공기가, 공간이, 대기가 울었고, 동시에 금이 가는 소리까지 같이 났다. 무린의 일격이 먹힌 것이다.

우챠이가 불굴의 전투의지를 지녔다면, 무린도 그에 버금가는 것을 지니고 있다. 그것은… 생존의지다.

그 어떤, 최악, 아예 지옥의 한 종류라 생각될 정도로 처참한 상황 속에서도 놓치지 않는, 오히려 반대로 더욱 불태우는 삶의 욕구.

투쟁(鬪爭)!

그리하여 쟁취하는 생존!

여태 그랬다.

이십 년이 넘는 세월동안 무린은 싸웠고, 또 싸웠다. 죽을 것 같아도 싸웠고, 죽기 일보직전에도 싸웠다.

처절하리만치 불공평한 삶을 무린도 살아왔고, 생존의 투쟁 끝에 지금 이 자리에 있는 것이다.

그런 무린의 의지가 먹혔다.

드디어 강철. 아니, 금강석보다 단단하던 우챠이의 육체에 타격을 준 것이다.

'흡!'

그러나 좋아할 겨를은 촌각조차 없었다.

귀신같은 미소를 지은 우챠이가 어느새 면전에 다가와 있었기 때문이다.

"크아악!"

짐승의 비명 소리보다도 더욱 거친 기합과, 우챠이의 대부가 또다시 일자무식의 법도로 떨어져 내렸다.

'막지 마!'

비명을 속으로 내지른 무린은 곧바로 발을 움직여 대부의 영역에서 벗어나려 했다. 하지만 그러지 못했다.

쩌정……!

꽈직!

맹렬한 타격음과, 동시에 소름끼치는 파열음이 순차적으로 울렸다. 그리고 당연히… 무린의 입에서 억눌린 신음이 터졌다.

"컥!"

복부다.

옆구리!

기어코 우챠이가 아까 부상당한 무린의 갈비뼈를 아작냈다.

크하핫! 기분이 좋았는지 소리 내어 흉포하게 웃는 우챠이.

그러나 아직 웃기는 이르다.

눈앞에 있는 자가 누군지 잊었는가?

무린이다.

진무린.

비천객이란 말이다.

그것을 잊은 대가는… 손목이다.

쩡!

튕겨 날아가기 직전, 무린은 억눌린 신음을 흘리면서도 기어이 우챠이의 손목에 일격에 때려 박았다.

방심의 대가치고는 조금 크지 않았나?

"크악!"

삼륜의 내력에 지독함까지 가미되어, 오랜만에 물은 먹이를 사정없이 물어, 잡아 뜯었다. 으아악! 하고 비명과 함께 잠시 후 크아아! 세 번째 비명이 들렸고, 파삭! 자기병 깨지는 소리가 들렸다.

삼륜이 깨진 것이다.

그러나 이미 충분했다.

툭.

지면에 깊숙이 처박히는 우챠이의 대부가 충분하다 말한 이유를 증명했다. 삼륜은 침투하지 못했다.

하지만 손목 안으로 들어가는 건 성공했다.

그리고 깨지기 직전까지 뼈는 물론 근육을 샅샅이 헤집었다. 강골인 뼈야 금이 좀 더 간 정도겠지만 근육은 아마… 갈가리 찢어졌을 것이다.

"쿨럭!"

그러나 무린도 성하지 않았다.

복부에서 시작되는 격통이 온 신경을 타고 돌면서 뇌리로 치솟아 올라갔다. 아프다? 그 정도가 아니다.

내력에 당했기 때문에, 주변의 근육까지 죄다 상해버렸다. 일륜이 막긴 막았지만, 완벽하게 막지 못한 것이다.

순수 내력으로만 따지면, 일류의 내력보다 우챠이의 내력이 더 강하다는 뜻이다.

"크으……."

푹!

이를 악문 신음과 함께 무린은 철창을 지면에 박고, 지탱해서 일어났다. 그러자 눈앞에 작살 난 왼손 목을 바라보는 우챠이가 보였다. 그 후 다시 무린을 직시. 이글이글 불타는 정도가 아닌, 정말 지옥의 겁화처럼 푸른 귀화를 불태우며 무린을 노려봤다.

"큭!"

그에 무린은 비릿한 웃음을 지었다.

뭐.

어쩌라고.

네놈은 무사할 줄 알았나?

그런 의미가 담긴 비웃음이었다.

무린의 비웃음에 우챠이도 웃음으로 화답했다.

아니.

그런 생각은 안했지.

다만… 이 정도로 큰 부상일 줄은 몰랐지!

하는 미소.

슈아악!

우챠이의 미소가 점점 커졌다.

무린의 동공으로 순식간에 커지더니 어느새 전면. 실로 가공할 속도였다. 그러나 무린은 이미 전투태세에 들어갔다.

번쩍! 벼락이 떨어졌다.

전보다 더욱 맹렬하고, 빨라진 일격이었다. 이 사이에도 계속 우챠이는 강해지고 있었다. 하지만 그건 무린도 마찬가지였다.

기이잉……!

이마 앞 내력이 맹렬한 기세로 회전을 했다. 그에 무린의 눈동자가 또한 선명한 우윳빛깔로 변했다.

근데 좀 무서웠다.

마치 백태가 된 눈동자였으니까.

그러나 그렇게 변하게 된 이후의 무린은 좀 전과는 또 달랐다.

"흡!"

쩡!

떨어지는 일격을 막아냈다.

이격!

그러나 이격은 없다.

우챠이의 왼손은 이미 작살이 난 탓이다.

그러나 근육이 찢어지고 갈라져서 대부를 들지는 못해도,

왼손 자체가 이미 흉기나 마찬가지였다.

퍽!

"컥!"

대부로 내려찍고, 다시 반대쪽 팔을 접어 반월을 그려 그대로 팔꿈치로 무린의 창대를 내려찍자 무린은 위에서 떨어진 둔중한 충격 두 방에 무릎을 꿇었다.

그러나 무릎을 꿇은 무린도 공격을 감행했다.

두 손으로 창대를 잡아 우챠이의 팔꿈치를 쳐올리고 그대로 다시 안쪽으로 당기고 반대는 밀어 창대를 회전시켰다.

회전의 끝에는 번뜩이는 창날이, 그 창날이 향하는 곳은 우챠이의 옆구리였다.

깡!

불꽃이 튀었다.

"큭!"

그리고 비명도 튀었다.

금강불괴는 아니었나 보다.

우챠이의 얼굴이 일그러진 것을 보니 말이다.

퍽!

"크윽……!"

무린의 턱이 하늘로 치솟았다.

동시에 신형도 붕 떠올라 뒤로 날아갔다.

우챠이가 그 상황에 발을 내질러 턱을 그대로 걷어찬 것이다. 그 직후 우챠이는 인상을 찡그리며 다친 왼손으로 옆구리를 부여잡았다.

"크흐흐!"

그 후 여전히 짐승 같은 눈빛, 웃음을 흘려내는 우챠이.

정말 싸움에 미친 맹수 같았다.

흉포함은 여전했다.

아주, 조금도 죽지 않았다.

스르르.

그러나 그건 마치 귀신처럼 비틀거리며 일어나는 무린도 마찬가지였다. 서늘하다 못해 차갑다. 그 정도가 어느 정도냐면 북극의 온도조차 지금 무린의 눈빛에 비하면 한 수 접어줘야 할 판이었다.

무린의 입은 다물려 있지 않았다.

순식간에 들어온 발차기에 일류이 미처 이동도 하기 전에 걷어차여 턱뼈가 으스러진 것이다.

"크으……."

벌려진 입에서 침이 줄줄 흘렀다.

혀를 깨물었는지 선명한 붉은 피가 섞여 있는 침이었다. 실로 처참… 아니, 처참 그 이상의 모습이었다.

그러나 말했듯이 눈빛은, 눈빛은 정말 조금도 죽지 않았다.

오히려 태우고 있었다.

우챠이처럼.

아니, 우챠이보다 더.

지금 무린의 모습은… 십여 년, 아니. 이십여 년 전처럼 보였다.

북방으로 끌려가 독기를 줄줄 흘리던, 사방이 적이고, 믿을 사람 하나 없고, 나 자신의 힘이 생존의 길이며, 내가 힘을 잃는 순간 남은 건 죽음밖에 없다 생각하던 그 시절의 모습이었다.

독기 가득 품은… 병사.

그게 지금 무린의 모습이었다.

뚝.

두두둑.

뚜두두둑!

쏴아아…….

잠시, 잠시 멈췄다가, 쉬었다가 하라는 뜻일까?

어둑했던 하늘이 기어코 비를 쏟아내기 시작했다.

                    *   *   *

으드득!

무린은 턱을 잡아 강제로 닫았다.

"크으으!"

폐부 깊숙한 곳에서부터 올라온 신음이 흘렀다.

입이 열려 있으면 호흡이 강제로 빠져나간다. 힘을 줘야 하
는 순간 제대로 힘을 주지 못하는 사태가 벌어질 수 있기 때
문이다.

그래서 강제로 닫았다.

상상을 초월하는 고통에 무린의 얼굴이 악귀처럼 일그러
졌지만 눈빛은 여전히 우챠이에게 고정되어 있었다.

무린의 행동을 본 우챠이가 왼손을 다시 들었다.

그 행동은 확연한 공격의 의지가 보이는 행동이었다. 통증
이 느껴지던 곳에서 손을 뗐다는 건 어느 정도 고통이 진정됐
다는 뜻.

크아!

우챠이의 신형이 쭈욱 늘어났다.

괴성을 지름과 동시에 어느새 무린의 전면.

"크으!"

그러나 무린은 확실히 보고 있었다.

디딤발이 지면에 강하게 내려 찍히는 순간 무린은 신형을 회전시키고 있었다. 부웅! 대부가 떨어지고, 쾅! 지면이 폭발했을 때 무린은 신형은 한 바퀴를 완전히 회전했다.

제자리서 돈 게 아니라 왼쪽으로 빠지며 돌았기에 한 바퀴 돈 무린의 앞에 우챠이의 왼쪽 옆구리, 그리고 등이 비스듬히 보였다.

깡!

철창이 불꽃을 비산시키며 튕겨나갔다.

큭!

무린의 입새로 짧은 짜증이 스쳐갔다.

작정하고 때렸건만.

아직도 우챠이의 육체는 금강석처럼 단단했다. 그것은 힘이 남았다는 것. 무린의 공격을 방어할, 반대로 무린을 공격할 힘이 아직도 남아 있다는 뜻으로 해석할 수 있었다. 그 때문에 나온 무린의 짜증이었다.

"킥!"

반대로 우챠이도 웃었다.

뭘 이정도로 짜증을 내나? 하는 의미가 담겨 있는 것 같았다.

부웅! 동시에 휘둘러진 왼팔.

그 팔은 무린의 코앞을 스치고 지나갔다.

물론 거리계산을 잘못한 건 아니었다.

어느새 무린이 뒤로 빠져 있었기에 코앞을 지나갔을 뿐이다.

'왼팔로 공격을?'

어이가 없을 뿐이었다.

우챠이의 왼팔은 손목주변을 중심으로 근육이 완전히 갈가리 찢어진 상태일 것이다. 그것은 무린이 대놓고 노린 삼륜의 침투로 인한 것.

그럼 통증도 어마어마할 것이다.

그런데 그런 팔로 무린을 공격해?

맞췄다고 하더라도 우챠이의 왼팔도 무사하지 못할 것이다. 그저 무린의 피육을 때리는 게 아닌, 무린의 일륜과 부딪칠 것이기 때문이다.

하지만 반대로 이해가 갔다.

전투 중에 부상이 어디 있나?

그것도 지금처럼 서로의 목숨을 건 생사결 중에 말이다. 죽으면 부상이고 나발이고 모든 게 끝이다.

치료고 뭐고, 그 다음은 아예 없다.

죽으면 그대로 끝이다.

어떤 의미도 부여할 수 없고, 그 무엇으로도 되돌릴 수 없다.

인간의 목숨은 단 하나, 그걸로 끝이니 말이다.

기이잉!

퍽!

"컥!"

빗나갔던 우챠이의 왼팔.

그 팔이 지나가고 무린의 신형이 앞으로 나왔다. 활짝 열린 상체에 다시금 일격을 먹이기 위해서였다.

그러나 섣부른 판단이었다.

어느새 접히듯이 되돌아온 우챠이의 팔이 무린의 빰을 강타했다.

솥뚜껑? 그래, 작은 솥뚜껑 정도는 되어 보인다.

하지만 안에 담긴 힘은 솥뚜껑 정도가 아니었다.

일력.

무지막지한, 오직 힘 하나를 추구하는 내가공부의 내력이 제대로 담겨 있었다. 그런 우챠이의 주먹이 무린의 빰을 강타한 것이다.

일륜과 부딪쳤다가 되돌아 튕겨졌다.

무린이 그 찰나의 순간에 일륜을 돌려 막은 것이다. 그러나 둥! 하고 들어오는 진동은 막지 못했다.

그그극!

무린이 튕겨 나가며 대지를 뒹굴었다.

반대로 우챠이도 허리를 접었다. 그리고 왼손을 힘없이 늘어뜨리고 털었다. 손목의 형상이 기형적으로 뒤틀려 있었다.

"크으……."

"으으……."

조금은 다르나 서로 똑같은 감정에서 나온 신음.

쏴아아아.

진창을 구르고 일어난 무린의 얼굴과 의복은 정말 만신창이였다. 구정물에 머리부터 빠졌다가 나온 모양새였다.

반대로 우챠이의 모습은 그나마 깔끔했다.

민머리에 상체도 안 입고 있었기에 그저 하의만 젖어 착 달라붙은 게 끝이었다. 촤아악! 그나마 달라붙은 하의도 거슬렸는지 왼손으로 허리춤을 잡아 찢어버리는 우챠이였다.

꿈틀꿈틀, 마치 뱀처럼 갈라진 허벅지, 종아리의 근육이 세상에 적나라하게 드러났다. 물론, 상체처럼 하체에도 흉터가 가득했다.

하얗게 불로 지진 것처럼 여기저기, 아주 빼곡하게 들이차 있었다.

"크아아!"

그런 우챠이가 상체를 뒤로 젖히며 광포한 괴성을 내질렀다. 보통 사람이라면 그대로 오금이 저려 털썩! 주저앉을 그런 괴성이었다.

하지만 그건 보통 사람이고, 웬만한 무인한테나 쓰일 일이다.

퍽!

어느새 다가와 복부에 창끝을 찔러 넣은 무린에게는 다른 세상일이다. 창을 틀어박은 상태에서 이글이글 불타는 눈으로 우챠이를 노려보는 무린.

그러나 우챠이도 창끝이 복부에 틀어박혔는데도 아무런 표정변화, 미동도 없이 무린을 노려보고 있었다.

"흐아!"

쾅!

벼락처럼 우챠이의 대부가 무린의 철창을 후려갈겼다. 그러나 무린은 이미 알고 있었기에 어느새 창을 회수, 뒤로 빠지고 있었다.

그래서 애꿎은… 대지만 상처입고 괴로워했다.

콰콰콱! 땅이 갈라지고, 뒤집히며 대지가 검붉은 속살을 보였지만 쏟아 붓는 빗줄기 때문에 흙먼지는 일어나지 않았다.

"큭."

그런 우챠이의 일격이 만들어낸 광경을 보면서 무린은 짧은 신음을 흘렸다.

아직도.

아직도……

이 정도의 일격을 날려 온다.

힘이 줄어들기는커녕 점점 더 세지고 있는 것 같았다. 아니, 실제로 우챠이는 점차 힘이 강해지고 있었다.

싸우면 싸울수록 강해지는 부류라는 것은 알고 있었지만… 이 정도쯤 되니 기가 질릴 정도인 것이다.

까드득!

'아직 멀었어!'

무린은 이를 갈았다.

그리고 스스로에게 주문을 걸었다.

전투가 시작된 지는 분명 꽤 됐다.

서로 부상도 입고, 꼴도 완전히 엉망이 되어버렸다.

하지만 우챠이와의 전투는… 겨우 이렇게 끝나지 않을 것이라는 걸 무린은 깨달았다. 따져보자면 지금은 중반?

무린은 그렇게 생각했다.

'전력! 무조건 전력이여야 한다!'

더불어 아무리 중반이지만 힘을 아끼는 행동은 결코 해서는 안 된다는 것도 깨달았다. 무조건, 승부가 날 때까지 진심 전력만이 살 길이라는 것도 같이 말이다.

쩡!

어느새 다가온 우챠이. 그리고 내려찍히는 대부.

공격 일변도인 그 공격을 무린은 이번엔 맞받아졌다.

공기가 찢어지고 터지는 소리와 두 사람은 다시 튕겨나갔다. 무린은 열 발자국, 우챠이는 두세 발자국이었다.

힘에서는 여지없이 밀리고 있는 것이다.

찌릿!

낭창거리는 가시 하나가 발끝부터 뇌리까지 관통하는 느낌. 아니, 옆구리부터 위아래, 신체 곳곳으로 퍼지는 느낌이다.

부러진 갈비뼈가 한 번의 격돌에 비명을 내지른 것이다.

크으!

참아보려 했지만 억눌린 신음이 이번에도 입술을 비집고 흘러나왔다. 눈앞이 핑핑 도는 끔찍한 통증.

그 통증 때문에 저절로 창을 쥔 손에 힘이 들어갔다. 그러면서도 무린은 시선을 우챠이를 직시하는 걸 잊지 않았다.

시야에서 놓치면 정말 큰일 난다.

저렇게 거대한 덩치라도 우챠이는 정말 범처럼 날렵했기 때문이다. 한눈을 팔면 우챠이의 이빨이, 저 거대한 대부가 무린의 목숨을 물어뜯을 것이다.

그리고 마치 굶주린 맹수처럼 게걸스럽게 먹어치울 것이다.

물론, 우챠이는 식인을 하지 않는다.

그저, 상황이 그렇다는 이야기.

쏴아아아!

점점 거세지는 빗줄기.

무린은 이제 귀로는 그 어떤 소리도 듣지 못하고 있었다. 그저 마치 천지를 강타하는 빗소리밖에 들리지 않았다.

들썩이는 우챠이를 보니 분명 거친 웃음을 흘리고 있는 것 같았지만 그 마저도 들려오지 않았다.

얼마나 대단하고 쏟아 붙는지, 바로 옆에서 말을 걸어도 못 들을 것 같았다.

강제적인 청각의 차단이었다.

후우…….

무린의 입술이 삐그덕 열리며 호흡이 빠져나갔다. 그것은 하얀 김이 되어 그 존재감을 내보였고, 동시에 찌릿한 통증을 이번에는 턱 끝부터 시작됐다.

그러나 다시 삐그덕거리는 턱을 닫았다.

타다다닷!

이제 추운 겨울이 다가오는 날씨였고, 게다가 비까지 내린 다. 체온을 빼앗기면 끝장이라는 생각이었다.

속전속결은 힘들어도 몸은 계속해서 육체를 가열시켜야 했다.

텅……!

빛살처럼 찔러 들어간 무린의 철창이 우챠이의 대부의 널

찍한 옆면에 부딪치며 전진이 가로막혔다.

그그극!

그게 짜증났는지, 무린의 철창이 부르르 떨었다.

마치 왜 막고 난리야! 이렇게 소리치는 모양새였다. 삼륜의 내력 또한 마찬가지였다. 적갈색의 기운에 가로막힌 삼륜의 내력은 무린의 의지를 받아 뚫고 들어가려고 용을 썼다.

그러나 우챠이의 기운도 마찬가지였다.

뚫리면, 마지막 남은 무기마저 작살이 난다는 것을 알고 있다. 우챠이의 대부, 양손으로 쥐니 쌍부라 칭하는 이 도끼는 완전히 똑같은 게 아니었다.

여러 가지 다른 것이 있었지만 그중 손잡이 부분은 특히 달랐다.

당연했다. 왼손, 오른손으로 가각 쥐니 다를 수밖에 없었다.

무인에게 무기는 생명이다.

권장을 쓰는 무인이 아니라면 자신의 병기는 정말 소중히 생각한다. 우챠이는 이미 벽을 넘어섰지만 자신의 쌍부에는 크나큰 애착을 가지고 있었다.

그런 우챠이에게 지금 이 대부는 최후의 보루였다.

그러니 사력을 다해 막고 있었다.

그그그극!

송곳 같은 내력이 광포한 적갈색의 기운을 마구잡이로 헤집었다. 빛 무리가 튀고, 이내 사라지길 반복했다.

승자가 조금씩 나타나기 시작했다.

철창 끝에 머무른 우윳빛, 무린의 삼류이다.

그걸 느꼈는지 우챠이가 괴성을 내질렀다.

"크아!"

퉁!

괴성과 동시에 위로 튕겨버리니 무린의 철창도 같이 튕겨 나갔다, 내력 싸움을 힘으로 끝장내버리는 말도 안 되는 일을 벌인 우챠이였다.

"크으……."

하지만 그랬기에 우챠이도 내상을 입을 수밖에 없었다. 대가치고는 너무 커다란 대가를 치룬 우챠이였다.

그러나 그건 무린도 마찬가지.

"까드득……!"

우챠이의 힘에 날아간 무린은 지면에 착지하는 순간 그 반동에 의해서 올라오는 소름끼치는 통증을 다시 한 번 맛봐야 했다.

무린은 이에 느낄 수 있었다.

'완전히 작살났군…….'

자신의 갈빗대가 정말 완파 당했다는 것을.

하지만 무린은 상심하지 않았다.

무린도 우챠이에의 옆구리에 부상을 만들었고, 왼손목도 작살냈다. 그만큼 취한 것도 있는 상황이기에 상심할 수가 없었다.

부상의 정도는 이제 거의 비슷하다.

후웅!

우챠이의 대부가 옆구리를 노리며 붉은 궤적을 그렸다. 심상치 않은 소리를 동반했지만 무린의 귀에는 들리지 않았다. 그저 쏴아아아! 빗줄기가 지면을 때리는 소리만 들렸다. 그러나 시각은 붉은 궤적을 정확히 포착하고 있었다.

스악.

날카로운 예기가 무린의 옆구리 자락을 갈라버렸다. 살 거죽이 베였지만 피가 흐르는 정도는 아니었다.

공간을 충분히 두고 회피한 덕이었다.

빗겨나간 적갈색의 내력이 진흙에 처박혔다. 쾅! 소리가 울린 것 같지만 빗소리가 그 폭음조차 묻어버렸다.

"윽."

순간적으로 무린의 신형이 휘청였다.

엉망진창이 된 바닥이 무린의 중심을 뒤흔든 것이다. 한쪽 발이 발목까지 지면을 파고 들어간 상황에 무린은 순간 동요했다.

하필.

이런 순간에.

부웅!

어느새 손목을 뒤틀어 이격을 먹여오는 우챠이. 그의 눈에는 참을 수 없는 희열이 적나라하게 담겨 있었다.

마치, 걸렸다!

하는 표정이었다.

발을 뺄 시간이 없다.

내력이 거침없이 돌아야 회피가 가능한 일격들인데, 잠시 동안 주춤해 버려 빠져야 하는 순간을 놓친 것이다.

크핫!

우챠이의 괴성, 흉성이 빗소리를 뚫고 무린의 귀에 전달됐다.

절체절명.

무린은 처음으로 죽음의 두려움이 엄습해오는 걸 느꼈다.

이 일격이 옆구리에 틀어박힌다면?

방어를 받지 못한 장기는 모조리 터질 것이다.

하지만 무린의 임기응변은 아직 죽지 않았다.

두두득!

철판교!

그것도 중심의 되어야 하는 하체까지 뒤로 굽혀, 허리보다 더욱 뒤로 상체를 재껴버리는 무린이었다.

후웅!

그리고 간발의 차로 무린의 옆구리가 있던 지점을 우챠이의 대부가 지나갔다. 너무 빨라 번쩍! 하고 궤적만 보였다.

대부가 지나가자 무린이 그나마 남은 한 발을 들어 대부를 멈추고, 다시 회수하려는 우챠이의 복부를 걸어찼다.

텅!

밀어 툭 차버리니, 우챠이의 신형이 뒤로 주르륵 밀려나갔다. 진흙이라 거의 십 보 이상 밀려가자 무린은 등이 닿은 즉시 돌려, 두세 바퀴를 구른 다음 일어섰다.

쾅!

어느새 다시 우챠이가 날듯이 달려와 무린이 있던 자리에 대부를 내려찍었다. 조금만 늦었어도 몸통이 박살 났으리라.

그러나 그 동작은 너무나 격렬했다.

격렬했기 때문에 무린의 옆구리를 자극, 또다시 온몸이 짜릿해지는 통증이 무린을 습격했다.

습격자는 결국 무린의 입에서 다시 신음이 흘러나오게 만들었다.

"큭! 크으……."

주춤, 옆구리를 부여잡고 뒤로 물러나는 무린이었다. 이제는 얼굴 표정이 제어가 안 되는 지경까지 왔다.

완전히 일그러진 무린은 그래도 시선은 우챠이에게 맞췄다. 무린도 무린이지만, 우챠이의 상태도 좋지 않았다.

들썩이는 상체, 그리고 그럴 때마다 점차 구겨지는 인상을 보니 무린이 두 차례나 깨뜨린 옆구리가 상당히 아픈 모양이었다. 더욱이 손목도 덜렁이고 있었다.

왼 손목은 이제 아예 사용불가능이었다. 만약 살아가도, 한동안은 끔쩍도 못할 것이다. 물론 그건 살아남은 다음 이야기.

아직은… 어떠한 결착도 나지 않았다.

후우, 후우.

무린의 입에서 단내가 났다.

급격히 체력을 소모했기 때문이다. 우챠이도, 무린도 이제 슬슬 체력적 한계에 도달해가고 있었다.

크르르, 크르르.

숨을 들이마시는 우챠이의 모양새가 이랬다.

반대로 무린은 그저 조용히, 조용히 호흡을 가다듬기만 했다. 좀 전과 비슷한 대치상태가 이어졌다.

그러나 서로 아무런 말도 하지 않고 있어 다른 양상으로 흘러갔다.

솨아아아!

둘 사이의 호흡 가다듬는 소리는 빗소리에 파묻혀 들리지 않았다. 이 기묘한 적막감을 느끼며 무린은 생각했다.

'슬슬… 결착.'

체력도 떨어져 가고, 부상도 엇비슷하다.

언제 어디가 박살 나고, 끊어질지 모르는 상태였다. 그게 팔다리가 될지, 아니면 머리나 심장이 될지, 또한 무린이 될지, 우챠이가 될지 이제 슬슬 결말이 날거라 생각했다.

'내가 될 순 없지……'

물론 무린은 그 대상이 자신이 되고 싶은 생각은 정말 눈곱만큼도 없었다. 지금 저 성벽 위에서 자신을 바라보고 있을, 기도하고 있을 두 동생을 위해서라도, 저 멀리, 천하제일가의 감옥에 갇혀 있는 어머니를 위해서라도 무린은 반드시 살 생각이었다.

그것은 생존.

꺼지지 않는 생존의 의지다.

바꿔 말하면 불굴의 투지다.

'선수!'

먼저 친다.

그게 답은 아니지만, 무린은 그렇게 생각했고, 행했다.

절퍽!

생각이 끝나고 한 발을 내딛는 순간 진흙탕이 튀었다. 그건 곧바로 우챠이에게 포착됐다. 물론 그는 이미 무린의 신형이 앞으로 나오는 순간 알아차렸다.

우챠이는 동체시력마저 좋았다.

거기에 특수한 안법까지 익힌 상황이니, 무린의 행동하는 즉시 알아차렸다. 그리고 그가 내지르는 창의 각도를 보고 자신의 어디를 노리는지도 알아차렸다.

"크악!"

깡!

괴성과 함께 무린의 철창의 날 윗부분을 정확히 때려버리는 우챠이. 그러자 무린의 창이 진흙바닥에 처박혔다.

그 다음은 대부의 날을 수평으로 뉘여, 창대를 타고 새가 먹이를 낚고 솟구치듯이 무린의 팔을 노렸다.

"흡!"

그 행동, 무린은 전부다 보았다.

그리고 보았으니 당황하지 않았다.

퉁!

무린의 손에 잡힌 철장이 한차례 요동쳤다. 꿀렁이듯이 튕겨주니 창대에 찰싹 붙어가던 대부가 허공에 떴다.

깡!

그리고 날이 뜨자마자 급속도로 튕겨 올렸다. 맑은 금속 소리와 함께 우챠이의 대부가 떠올랐다.

표적을 잃고 방황하기 시작하자 창대를 쥔 오른손을 놓고,

무린의 왼발이 전진했다.

초근거리.

쩡!

허리, 어깨를 비틀어 그대로 손바닥을 이용해 우챠이의 복부를 때려버리는 무린.

손에 가득 내력을 모았기 때문에 공기가 그대로 압축됐다가 터져버렸다.

폭발하면서 빛 무리가 어둠속에서 마지막 생명을 불태우다 사라졌다.

"크으!"

우챠이가 몇 걸음 뒤로 물러났다.

물러난 우챠이의 얼굴은 일그러져 있었다. 무린의 삼륜이 담긴 공격은 막았지만, 내부적으로 타격은 받은 것이다.

하지만 참으로 대단하다.

일그러진 우챠이의 얼굴은 고통으로 일그러진 게 아니었다. 지독하게도 분노한, 상처입어 머리끝까지 분노한 맹수처럼 일그러져 있었다.

빙글.

무린의 철창이 원을 그렸다.

깡!

정확히 턱을 때리는 창끝이지만, 우챠이는 이번 공격에는 미동도 없었다. 턱에 맞은 것 같지만 실제로는 턱으로 쳐낸 것이기 때문이다.

하, 진정 괴물……. 그렇게밖에 설명할 수 없었다. 제아무리 내력이 충분히 깃들지 않았다고 한들, 철창을 턱으로 쳐내다니.

이게 말이나 되나 싶은 생각을 하게 만들었다.

"큭……."

그 순간을 무린도 보았다.

그래서 허탈하고, 순간적으로 어이없는 웃음이 흘렀다.

이게 뭔가. 내력이 들어 있었다. 그런데 그걸 턱으로 쳐내?

너무나 어이없는 상황에 그저 웃음밖에 나오지 않았다. 징그러울 정도였다. 우챠이의 강철 같은 육체가, 마르지 않는 내력, 불굴의 정신력이 말이다.

"흡!"

그러나 그렇다고 기죽을 무린이 아니다.

기합과 함께 다시 한 번 신형을 회전시켰다.

픽!

이번에는 제대로!

한 바퀴 더 원을 그린 무린의 창이 우챠이의 오른 손목을 제대로 때렸다. 빠각! 하고 그의 손목뼈가 비명을 질렀다.

왜 방어를 못 했는가.

하면 사실 첫 번째 일격이 먹히긴 한 것이다.

턱으로 쳐내는 기행을 저질렀지만, 그 순간 우챠이의 의식이 잠시 몽롱해졌다. 당연한 일이었다.

턱은 의식을 날려버리는 정말 쉬운 급소였기 때문이다. 정신력이 아무리 뛰어나다 한들, 턱에 처박힌 충격을 완전히 이기지는 못한 것이다.

그래서 무린의 공격을 제대로 방어하지 못한 것이다.

우챠이가 대부를 놓쳤다.

저 멀리 날아가 떨어지는 그의 무기.

그러나 그 일격은 흐릿했던 우챠이의 의식을 단번에 현실 세계로 되돌려 버렸다. 왜 있지 않은가?

졸리거나 어지러울 때, 그 상황이 절체절명이면 혀를 깨물어서 정신을 차린다는 얘기가 말이다.

우챠이가 그랬다.

손목에 떨어진 날카로운 통증이 의식을 되살렸다.

퍼걱!

꽈드득!

"컥!"

오른손은 하늘로 향한 채로, 본능적인 일격을 무린의 턱에 꽂았다. 그것도 덜렁거리는 왼손으로 말이다.

무린의 턱뼈가… 으스러지는 소리가 났다.

아래턱뼈, 흔히 하악골이라 부르는 아래턱이 완전히 조각 나는 소리.

"커어……."

별 하나, 별 둘, 별 셋…….

눈앞에 별이 반짝이는 무린이었다.

다물리지 않는 턱 때문에 피와 침이 섞여 줄줄 흘렀다. 우수의 쥔 창을 진흙탕에 처박아 상체를 겨우 지탱하고, 남은 왼손으로 턱을 감쌌다.

다다다다.

손을 대는 즉시 머리가 하얗게 변할 정도의 통증이 전신을 내달렸다. 정말 전력으로 질주하는 통증이었다.

강인한 무린이다.

언제 울어봤었나?

기억도 안 나는데… 눈물이 핑 돌았다.

강제적으로 말이다.

"크아아……!"

그러나 역시 무린.

괴성을 지르며 달려드는 우챠이를 상체를 숙이고도 지켜보고 있었다.

우챠이의 솥뚜껑만 한 주먹이 무린의 턱을 재차 노리고 날아왔다.

그에 무린의 오른발이 본능적으로 뒤로 빠지고, 상체가 사선으로 비스듬히 숙여졌다.

후웅! 우챠이의 주먹히 간발의 차로 무린의 턱을 빗겨 나갔다.

푹!

"크악!"

우챠이의 주먹이 빗겨 나간 그 순간, 무린의 좌수가 우챠이의 오른쪽 옆구리에 칼날처럼 틀어박혔다.

너무나 단단해서 가죽을 뚫지는 못했다.

그러나 파고들어갔다.

무린은 수도처럼 펼쳤던 좌수로 주먹을 꽉 쥐었다.

그러자 손아귀로 걸리는… 우챠이의 갈비뼈.

느끼는 그 순간 힘을 준다.

꽈직!

단박에 우챠이의 갈비뼈가 동강이 나버렸다. 크아아! 하고 우챠이가 짐승 같은 비명을 내질렀다.

그러나 그는 우챠이다.

소전신 우챠이.

빗겨 나간 오른 주먹을 회수하며 풍차처럼 휘둘렀다.

"커윽!"

그 주먹은 무린의 어깨를 그대로 강타했다.

팟!

크가각!

붕 떠서 튕겨져 나간 뒤 진흙 때문에 그대로 주르륵 미끄러져 나가는 무린.

"……."

"크으으……!"

한 사람은 쓰러졌고, 한 사람은 상체를 숙이고 괴로워한다. 한 사람은 침묵하고, 한 사람은 고통에 겨워 신음을 흘렸다.

서 있는 자는 우챠이고, 누워 있는 자는 무린이다.

우챠이가… 이겼나?

아니다.

꿈틀, 꿈틀.

퍽!

발작이라도 난 것처럼 꿈틀거리던 무린이 양 손바닥을 진흙탕에 때려 박아 지탱하고, 상체를 세웠다.

그리고 세워진 상체의 공간에 무릎을 굽혀 박았다.

일어나는 무린.

엉망… 정말 엉망이다.

얼굴은 형체도 알아 볼 수 없게 변해버렸다.

바스라진 턱의 모양 때문인가?

실로 처참… 아니, 그 이상이다.

그러나 여전히, 정말 대단하게도 여전히… 눈에서는 독기가 줄줄 흘렀다. 아직도 무린의 생존의지는, 불굴의 투지는 꺼지지 않았다.

전면을 직시하고, 마찬가지로 상체를 세운 우챠이를 노려보는 무린.

우챠이도 마찬가지였다.

소전신의 정신력도… 어마어마했다.

찢어죽일 기세… 정도가 가장 지금 현재 우챠이가 뿜어내는 기세를 설명하는 가장 좋은 설명이다.

어느새… 말랐나?

주변에 떨어진 대부를 손에 쥐고, 쾅쾅쾅! 대지에 다리를 박으며 무린에게 뛰어오는 우챠이.

그 행동은 느렸다. 눈 깜짝할 사이에 무린의 면전에 나타나던 신위는 없었다.

근데 생각해 보면 당연한 일이다.

서로치고, 박고, 막고를 계속해서 벌였다.

방어, 공격, 그 와중에 의미 없이 흘러나간 내력.

인간이 육체에 보존할 수 있는 내력은 마르지 않는 우물이 아니다. 언제고, 그 끝이 나오게 마련인 것이다.

하물며 우물도 그 끝은 존재하기 마련이다.

지하에 고인 물이 없으면, 우물도 마르니까 말이다.

그런 상황이다.

물론, 완전히 내력이 말라버린 건 아니다.

우챠이도, 무린도 남은 내력은 있었다.

다만… 방어에 돌릴 내력만이 남아 있었다.

절체절명의 순간에 자신의 목숨을 보호할 정도의 소량의 내력이 남았다는 소리다.

깡!

전처럼 포탄 터지는 소리는 없었다.

이제는 정말 금속과 금속이 부딪치는 소리만 울렸다.

깡.

까강!

깡……!

현저히 느려진 움직임으로, 삐걱거리는 불편한 몸으로, 서로는 다시금 부딪치기 시작했다.

휘두르고, 막고, 찌르고, 막고, 내려치고, 막고, 베어내고, 막고.

나사 하나 빠진 움직임으로 그렇게 다시 부딪치고 있었다.

쏴아아아…….

　천지를 강타하는 빗줄기는 여전한 기세로 대지를 적시고
있었다.

第百十章 지옥불(地獄火)

이제 그만, 멈출 때도 되지 않았나?

성벽 위에서 지켜보고 있는 모든 사람들이 느끼는 전체적인 생각이었다. 이건 심해도 너무 심했다.

처참하다?

처절하다?

비슷한 이 두 단어로는 현재 무린의 상황을 설명하는 것이 불가능했다.

"갈비뼈와 턱뼈가 으스러졌군. 이거… 심각한데."

모든 상황을 보고 있는, 대지를 강타하는 빗줄기를 뚫어보고 둘을 직시할 수 있는 몇 안 되는 인물 중, 백면의 말이었다.

깡.

까강.

무린과 우챠이는 성벽에서 약 백보 정도 떨어진 곳에서 치열한 접전을 벌이고 있었다. 빗소리에 파묻혀 아련히 들려오는 둘의 병장기 부딪치는 소리.

"음……."

남궁유청이 실로 무거운 신음을 흘렸다.

그 또한 모든 상황을 지켜본 자였다.

지금 무린의 모습은 정말 두 눈 뜨고 지켜볼 수 없을 정도였다. 백면, 남궁유청의 이미 입술이 갈기갈기 찢어진 상태였다.

저도 모르게 이빨로 씹은 탓이었다.

투지.

투혼.

비슷한 단어.

반대로 이 두 단어는 무린의 마음가짐을 제대로 나타내는 단어였다.

우챠이는 강했다. 둘이 보기에 우챠이는 정말 어마어마하게 강했다.

짐승 그 자체인 무인이었다.

힘, 속도, 정신력.

그 어느 하나 부족함이 없는 정말 무인 중에 무인.

그런 우챠이를 맞아 무린은 백중세로 싸우고 있었다.

바닥을 뒹군 게 수차례.

결코 가벼운 부상을 입은 것도 아닌데 무린은 계속해서 일어나고 있었다. 비틀비틀, 지금은 중심을 제대로 잡지도 못하고 있었다.

그러면서도 철창은 여전히 휘두르고 있었다.

처음에 들려오던 공기 터지는 소리는 이제 들리지도 않았다. 이건 내력이 한계에 도달했다는 것.

"남은 내력은 있다. 하지만 절체절명의 순간을 위해 아껴두는 것이겠지."

"……."

백면은 곧바로 눈치챘다.

아니, 눈치챌 필요도 없이 무인끼리, 그것도 실력이 비슷한 무인끼리 붙었을 시는 거의 정석에 가깝다.

"하지만 반대로 치명적인 일격… 필살을 위해서 남겨둘 수도 있고."

반대로 적의 방어가 풀리면서 나오는 무방비의 순간에 쓰기 위해 남겨둘 수도 있었다. 즉, 최후의 한방이나 생과 사의 갈림길에서 생의 길을 어떻게든 밟기 위해 내력을 남겨뒀다는 뜻이다.

그러나 지금 중요한 건 이게 아니다.

"이런 상황이 왔다는 것은 이제 결착의 순간이 왔다는 것⋯⋯. 허허."

남궁유청의 조용한 말은 전부의 귀에 들어갔다.

바로 옆에, 남궁유청이 혹시 모를 기습에 보호 중인 무혜⋯의 귀에도 말이다. 무혜는 전투가 시작된 이레, 단 한 번도 눈을 떼지 않았다.

사실 무혜의 눈에는 잡히지 않았다.

머리 빼고는 전부 보통 여인과 하나도 다를 바가 없는 무혜다. 그런 무혜가 무린과 우챠이의 전투를 눈으로 쫓는다는 것은 당연히 불가능했다.

희끄무레한 그림자도 겨우 잡는 무혜였다.

하지만 무혜는 돌아가는 상황으로 인해 비천대가 만들어내는 분위기에서 현재 무린의 상태를 느끼고 있었다.

특히 백면의 냉정한 말은 그녀가 상황을 파악하는데 도움을 줬다.

"⋯⋯."

그러나 무혜는 흔들리지 않았다.

그저 고요한 눈으로 쏟아지는 빗줄기 속에서 무린을 두 눈에 담고 있었다.

처음, 그녀는 처음이었다.

무린이… 싸우는 모습을 본 게 말이다.

사실 상 작전은 전부 무혜가 짜지만, 무혜는 그 작전현장에 갈 수 없었다. 그것은 무린이 절대적으로 반대하는 일이었기 때문이다.

전장은 어디서 어떤 일이 벌어질지 아무도 모른다.

눈먼 화살에 죽어나가는 정도는 평범한 일에 속할 정도다. 말에 밟혀 죽는 자도 있고, 아군에게 밟혀죽는 일도 비일비재 일어난다.

그런 곳에 무혜를 데려간다?

무린으로서는 상상도 하기 힘든 일이다.

만약 무혜가 따라간다고 떼라도 썼으면 당장 무린은 무혜를 군사직에서 박탈했을 것이다. 그만큼 결코 용납하지 않았기에, 지금 이 순간 무혜는 처음 봤다.

두 눈으로 확인하지 못해도 그녀는 알고 있었다.

'오라버니…….'

정말 처참하게, 처절하게 싸우고 있는 무린을 느끼고 있었다.

가슴에 돌덩이가 하나 툭 떨어진 것처럼, 그것도 자신의 연약한 뼈대는 그냥 박살 낼 거석을 가슴에 얹은 것처럼 답답하기 그지없었다.

당연한 일이었다.

이 세상에 몇 안 되는, 자신과 같은 피가 혈관을 타고 도는 사람이… 수없이 많은 목숨을 등에 메고 저리 악착같이 버티고 있었다.

그녀가 입수한 정보로는 우챠이는 강했다.

객관적인 판단으로 우챠이는 이미 절정의 벽을 넘어섰다고 했다. 그런데도 무린이 버티고 있는 것은 어떤 연유에서일까?

삼륜공의 특성에서 무혜는 그 답을 찾았다.

냉정한 상황분석인 것이다.

삼륜공은 신공이다.

그 신공의 위력 덕분에 절정을 넘은 우챠이를 상대로 절정의 끝에 있는 무린이 지금까지 버티고 있는 것이다.

'하지만……'

많은 공부를 했다.

벽을 넘은 자와 넘지 못한 자의 차이.

무인으로 이루어진 비천대였기에 당연히 무혜는 많은 것을 공부했다. 그래서 얻은 결론은 천운이 따르지 않는 이상 벽 안쪽의 무인이 벽 너머의 무인을 이길 확률은 굉장히 떨어진 것이었다.

확률로 따지면… 일 할이나 될까?

열 번을 싸워야 겨우 한 번이나 이길까 말까 한 확률.

그게 무혜의 마음을 더욱더 무겁게 만들고 있었다.

그럼에도 무혜는 얼굴 표정 하나 변색시키지 않았다. 정말 지극히 담담한 눈으로, 무린이 있을 것 같은 희미한 그림자에 시선을 고정하고 있었다.

그러나 꽉 쥐어지는 작은 주먹.

이 행동만은 어쩔 수 없었다.

심장이 부르르 떨리는 것도, 입술이 파리하게 변하며 바들 거리는 것도, 무혜의 마음으로는 제어가 불가능했다.

"음……."

"……."

그 순간 옆에서 백면이 묵직한 신음이 흘렀다.

동시에 아무런 말도 들리지 않았지만, 남궁유청이 옆에서 침묵과 함께 움찔거리는 것을 무혜는 본능적으로 느꼈다.

그에 무혜는 깨달았다.

'뭔가가 일어났어…….'

지금까지와는 다른, 심각한 일이 벌어졌다는 것이다.

무린이 이겼나?

아니, 무혜의 속마음은 곧바로 부정했다.

이겼다면, 적을 쓰러뜨렸다면 이런 분위기가 나올 리가

없다.

'아…….'

그렇다면 남은 것은 하나.

패배.

그 생각을 떠올리는 순간 백면이 다시 입을 열었다.

"내려가야겠소."

그 말에 무혜는 생각한다.

'내려가?'

왜?

의문을 갖는 순간 남궁유청이 말한다.

"내가 뒤를 따르지."

무거운 남궁유청의 말. 동시에 백면이 그 말을 즉시 받는다.

"그래주시오. 관평, 장팔. 군사를 부탁한다."

"네".

"알겠습니다."

둘의 무거운 대답 뒤에 백면과 남궁유청의 신형이 성벽에서 떠올랐다.

삭. 소리와 함께 무혜의 젖은 의복이 펄럭였다.

까드득.

그 모든 것을 느끼며 무혜의 입술을 타고 피가 흘렀다.

비천대.

성벽의 분위기는 지금 현재… 최악이었다.

"제발……."

한 여인이, 간절한 소망을 담아서 중얼거렸다.

단문영.

무린이어야만 한다고 했던 여인.

처음 백면이나 남궁유청이 나서겠다고 했을 때, 이 여인은 신비롭고, 몽환적이던 분위기를 타고 단호하게, 얘기했다.

둘은 죽는다.

무린이어야 산다.

그래서 무린이 지금 저곳에서… 으득! 이가 갈렸다. 단문영이 미운 게 아니다. 이미… 관평에게 들어 알고 있었다.

전부는 아니지만, 단문영이 어떤 여인인지 들어 잘 알고 있었다. 그런 그녀가 말했다는 것은 다른 의미로 해석해 보면 결국 가리키는 것은 하나다.

천명.

무린이 저렇게 처절한 전투를, 삶을 살아야 하는 것은 모두가 정해진 것을 뜻했다. 저 하늘이, 자신의 오라버니에게, 자신에게, 동생에게, 그리고 어머니에게.

'어째서?

왜!

우리가 대체 뭘 잘못했다고.

까드득!

무혜의 이가 거칠게 갈리는 그 순간.

쾅……!

천지를 뒤흔드는 굉음.

그 굉음에 하늘에 저주를 퍼부으려면 무혜의 생각을 멈췄다. 무혜뿐만이 아닌 모두가 생각을 멈췄다.

그저, 저 굉음이 왜 났는지, 결과가 어떤지에 모든 신경을 집중했다. 하늘 높이 비산했던 진흙덩어리들이 우수수, 암기처럼 쏟아져 내렸다.

얼마나 거대한 폭발이 있었는지를 보여주는 광경이었다.

투두두둑.

천지를 갈아하는 빗소리 때문에 들릴 리가 없는 소리가 들려오는 것 같았다. 그리고 그 환청에, 무혜의 심장이 덜컥 멈춰버렸다.

*　　　*　　　*

꺼지지 않는 불의 이야기를 들어보았나?

고대 신화에 나오는 복희, 신농과 함께 삼황의 일인인 축융(祝融)을 만든 화정이나, 불교의 십대지옥. 그중 두 번째 옥이며, 초강대왕(初江大王)이 관장하는 화탕지옥(火湯地獄)의 불이 결코 꺼지지 않는다고들 한다.

흔히 꺼지지 않는 불을 그래서 이렇게 말한다.

지옥불.

이 지옥불로 지금의 무린과 우챠이의 정신상태를 설명할 수 있었다.

아…….

진정 대단하다.

정신력의 끝이 어디인지.

인간이 얼마나 끈질기게, 굳건하게 정신력을 유지시킬 수 있는지를 보여줬다.

꺼지지 않는 불꽃.

그 전투의 의지.

생존의 의지.

무린이나 우챠이나 육체는 이미 반파(半破) 상태다.

내력을 빼고 격돌하기 시작하면서 둘의 싸움은 치고받는 난타전(亂打戰)이 되어버렸다. 무기는 이미 진흙탕 어딘가에 처박혀 보이지도 않았다.

퍽!

으직!

무린이 주먹을 옆구리에 쑤셔 박으면.

빠각!

그 상태로 팔을 휘둘러 오히려 무린의 얼굴을 쳐버린다.

하나는 무릎을 끓어오르는 격통에 한쪽 무릎을 꿇고, 다른 하나는 거대한 힘에 고개가 휙 돌아가면서 날아가 진흙탕에 처박힌다.

무린을 날려버린 우챠이가 멀쩡한 손으로 입을 틀어막았다. 그러나 흘러나오는 격한 기침, 그리고 신음.

쿨럭! 크으, 크어억!

박살 난 갈비뼈가 강철 같은 육체를 부르르 떨게 만들었다. 필시 장기 어딘가를 뼛조각이 찔러 버린 게 분명했다.

육체의 손상보다, 장기의 손상이 더욱 참기 힘든 통증을 유발하는 법이니 말이다. 반대로 그런 타격을 준 무린도 역시 성치 않았다.

푸들, 부르르.

엎어진 그 상태로 간헐적 발작만 일으키는 무린. 그 모습은 간질(肝蛭)이라도 걸린 것처럼 흉측하고 처참하기 그지없었다.

그러나 이내, 다시금 몸을 세우고 전방을 노려보는 무린이다.

스아앙.

번쩍이는 안광이 온통 흙 범벅이 된 얼굴 사이에서 쏘아져 나왔다. 지독할 정도로 깊고, 차가웠으며, 스산한 눈빛이다.

마치 귀신이 되어버린 눈빛.

머릿속에 오직 한 가지의 본능만을 남겨둔 자의 눈빛이었 다.

마찬가지였다.

붉고, 흉포하고, 맹렬히 분노하는 맹수의 눈동자.

고개만 지켜들어 무린을 직시하는 우챠이의 눈동자가 그 랬다. 숨을 몰아쉴 때마다 벌어진 입새로 크르르, 크르르… 상처 입은 짐승이 내뱉는 숨소리가 들렸다.

물론, 나가는 숨이 진동을 만들어 혀를 울리고, 입속에서 공명하면서 나는 소리지만 우챠이의 분위기와, 내뿜는 기세 가 그 숨소리를 짐승의 것으로 만들었다.

더듬더듬.

그런 우챠이를 보며 무린은 거의 본능적으로 바닥을 더듬 거렸다.

창.

그의 생명을 셀 수도 없이 구해준 철창을 찾기 위함이었다. 그러나 손에 잡힐 리가 없다. 이미 어딘가에 떨어지고, 진흙 속에 파묻혀 버린 상태였다.

그러니 당연히 잡히지 않았다.

"으어, 으어어……."

박살이 난 하악골. 아래턱은 무린이 정상적인 발음을 하는 것조차 허락하지 않았다. 마치 광증에 걸린 환자처럼 침샘에서 분비되는 액이 조금도 제어되지 않고 줄줄 흐르는 모습만… 보여줬다.

도대체…….

이게 뭔가.

너무나 처참하고, 처절하다.

지독한 눈빛과는 너무나 대비되는 광경이었다.

"크크, 크크큭!"

그 모습이 웃겼던 것일까?

우챠이의 입에서 조롱이 담긴 웃음이 흘러나왔다. 그러나 실제로는 무린의 모습이 웃겨서가 아니라, 이 상황 자체가 어이없어서 나오는 웃음이었다.

소전신이라 불렸던 우챠이다.

작을 소 자가 붙지만, 누구에게도 허락되지 않던 전신의 칭호를 손에 넣은 우챠이다. 그런 우챠이가… 언제 이런 경험을 해보았을까?

기억도 안 난다.

아버지인 전신에게 정말 죽을지도 모를 마지막 훈련을 거칠 때 빼고는 지금까지 단 한 번도 없었다.

그 마지막 훈련도 거의 이십년 전.

오십 줄에 들어섰으니, 나이 삼십이 넘고 나서는 여태까지 언제나 압도적인 무력으로 적을 학살했던 우챠이였다.

그런 그가 지금은, 무린을 만나 이번에는 반대로 죽기 직전에 몰렸다. 그런 이유가 어이없는 웃음이 흘러나오게 된 원인이다.

저 모습을 보라.

스산한, 마치 어둠속에서 두 눈만 보이는 귀신같은 모습을 보이고 있는 무린이다. 조금도, 정말 조금도 투지를 잃지 않고 있었다.

반드시, 반드시 갈가리 찢어죽이겠다는 의지를 표현하고 있었다.

물론 그런 눈빛에 겁을 먹을 우챠이가 아니었다.

우챠이도 무린과 마찬가지였다.

이렇게 자신을 몰아붙인 비천객. 반드시 찢어죽이고 싶었다. 의지가 일자, 발걸음이 저절로 앞으로 나아갔다.

"크윽……."

그러나 그 발걸음은 곧바로 멈췄다. 부르르 종아리부터 허벅지까지 떨리고 나서, 곧바로 무릎이 지면으로 살포시 내려앉았다.

크으, 크으으!

근육이 마치 꼬리에 불붙은 망아지마냥 날뛰기 시작했다. 우챠이가 의식하지도 못한 사이 근육이 한계점을 넘어서 버린 것이다.

크아아!

어이가 없는 건지, 아니면 화가 나서 내지른 건지, 우챠이가 하늘을 향해 포효를 터뜨렸다. 그리고 그 포효가 끝나는 순간 우챠이의 고개가 뒤로 확 재껴졌다.

픽!

"크악!"

어느새 다가온 무린이 우챠이의 얼굴을 그대로 후려친 것이다. 얼마나 세게 후려쳤는지, 으적! 하고 우챠이의 코가 주저앉았다.

뭉클, 두 구멍을 통해 쏟아져 나오는 코피.

그걸 보며 무린이 다시 한 번 몸을 날렸다. 부웅, 허공에 떴다가 떨어지는 무린의 무릎은 정확히 우챠이의 명치를 향해 있었다.

데굴.

픽!

그러나 우챠이는 옆으로 한번 굴러 무린의 무릎을 피했다. 동시에 상체를 뒤집어 일어나면서 진흙에 처박힌 무릎을 빼려고 하는 무린의 어깨를 그대로 발로 걷어찼다.

무린의 신형이 붕 뜨더니, 진흙을 밀어내며 주르륵 미끄러졌다. 무린이 날아가자 어느새 정상으로 돌아온 근육의 마지막 힘을 쥐어짜내며 우챠이가 일어났다.

철벅철벅!

마른 땅이었으면 쿵쿵! 거리는 소리를 냈을 우챠이가 그대로 무린을 향해 엎어지듯이 몸을 날렸다.

"컥!"

육중한 무게가 몸 위로 떨어지자 무린의 입에서 바람 빠지는 신음이 흘렀다. 크흐! 그러나 우챠이는 반대로 웃고, 상체를 세운 다음 그대로 덜렁거리는 왼팔을 접어 내려찍었다.

주먹, 손바닥, 어깨. 전부 위험하지만 팔꿈치는 진정한 흉기다.

제대로 때리면 가장 강력한 충격을 선사할 수 있는 신체부위라는 말이다.

푹!

찰나 간 고개를 비틀자, 우챠이의 팔꿈치는 그대로 진흙 속으로 처박혔다. 그 짧은 시간 동안에 무린은 제대로 피해냈다.

하지만 피하는 걸로 끝내지 않았다.

틀어진 고개 때문에 당겨진 신체. 그 반동을 이용해 주먹을 그대로 우챠이의 옆구리에 냅다 찔러 넣었다.

퍽! 소리와 우챠이가 컥! 하고 신음을 흘렸다.

무린처럼 완전히 작살난 건 아니지만, 우챠이의 양 옆구리
도 심각한 부상을 입었다. 지금도 강철에 버금가는 우챠이의
육체 중, 타격을 가해 충격을 주는 게 가능한 곳은 그곳밖에
없었다.

"흐으!"

그리고 힘을 줘서 우챠이를 밀어내는 무린. 그러나 우챠이
의 체중은 상당하다. 그리고 두 무릎을 꿇은 채로 버티고 있
으니 마치 거목처럼 버티고 있었다.

우챠이의 팔이 다시금 떨어졌다.

이번에는 밖에서 안으로 접어, 무린의 옆구리를 노렸다. 그
공격에 무린의 뇌리로 경종(警鐘)이 울렸다.

무린의 옆구리는 거의 완파직전이다.

안 그래도 작살났는데 저 일격에 맞는다면?

제아무리 내력이 없는 공격이라 할지라도 우챠이의 힘이
라면 무린의 숨을 오락가락하게 만들 수 있을 것이다.

그래서 경종이 울었다.

기이… 잉!

쩡!

"카!"

일류이 막는 소리와 함께 우챠이의 입에서 고통스러운 신음이 흘렀다. 내력을 맨주먹으로 후려쳤으니 당연한 일이다.

하지만 무린은 이번에 힘껏 내력을 쥐어짜냈다.

이제는 겨우 엄지와 검지를 붙여 동그라미를 만든 정도의 크기인 일류을 만들면서 겨우 조금 남겨뒀던 내력이 점점 간당간당해졌다.

물론 그렇게 내력을 써서 소득은 있었다.

우챠이의 팔꿈치에 부상을 입힌 것이다.

크아!

퍽!

괴성과 함께 우챠이가 그대로 머리를 내려찍었다.

어으!

우챠이의 박치기를 보자마자 무린은 고개를 틀었다. 피하고자 한 것이다. 그러나 우챠이는 그대로 쫓아와 무린의 옆얼굴에 이마를 내려찍었다.

피부가 쩍! 갈라졌다.

재수 없게도 우챠이의 이마가 눈썹의 뼈를 때려 박아 그대로 찢어진 것이다. 당연히 피가 확 튀었다.

크흐, 웃음과 함께 우챠이가 고개를 들다가 무린이 그 와중에도 휘두른 손등에 얻어맞고 옆으로 날아갔다.

"크으으……!"

뭉개진 코를 쳐버려서 그런지 우챠이가 코를 부여잡고 신음을 흘렸다. 내력의 보호를 받지 못하는 상황이니 모든 통각신경이 온전하게 고통을 뇌 내로 전달시켰기 때문이다.

제 아무리 강철처럼 단단한 우챠이라 하더라도, 뼈가 부서지는, 그리고 부서진 뼈에 다시금 가해지는 충격을 아무렇지도 않게 받아들일 수는 없었다. 그러나 우챠이는 곧, 천천히 무릎을 세워 일어났다.

그리고 무린을 다시금 노려봤다..

물론, 무린도 어느새 몸을 세워 우챠이를 직시하고 있었다.

징하다.

정말로 징했다.

보통 이 정도 되면 무너지기 마련이다.

인간의 정신력이란 한계가 있기 때문이다.

아무리 날을 갈고, 수양을 쌓아 단련시켰다 하더라도 반드시 그 끝은 존재한다. 그건 만고불변의 진리다.

그런데 이들은 지금, 이렇게까지 서로가 서로를 몰았는데도 결코 정신력이 무너지지 않고 있었다.

그러니 이제는 대단하다를 넘어서 징글징글했다.

도대체 무엇이, 그 무엇이 두 사람의 정신력을 지탱하고 있는 것일까?

비틀거리는 신형.

그러나 앞으로 다시 한 발 내딛으며 무린은 생각했다.

'돌아간다…….'

무의식에서 나오는 생각이었다.

실로 지옥불과 견줘도 결코 밀리지 않을 경이로운 정신력이었다.

＊　　　＊　　　＊

몽롱했다.

시야가 흐릿하고, 떨어지는 빗줄기는 오히려 거꾸로 올라가는… 영혼처럼 보였다.

쏴아아아.

대지를 강타하는 빗소리는 끼아아아! 유부의 혼령이 울부짖는 소리처럼 들렸다.

뜨끈한 물이 볼을 타고 흐르는 게 느껴졌다.

'아, 찢어졌나…….'

좀 전에 우챠이의 이마에, 박치기에 당해 찢어진 상처였다. 그 상처는 점차 무린의 안 그래도 흐릿하던 시야를 더욱 빼앗아가기 시작했다.

눈두덩이쪽을 맞아, 벌겋게 부어오르기 시작한 것이다.

검은색 장막이 천지를 잠식해 갔다.

'크으……'

휘청, 휘청.

무린은 뒤로 자의가 아닌 타의로 물러나기 시작했다. 의식이 흐릿해 신체가 균형을 제대로 잡지 못해 생긴 탓이었다.

툭.

철퍼덕.

바닥에 깊게 박힌 돌부리에 발뒤꿈치를 걸린 무린은 그대로 엉덩방아를 찧었다. 참으로 꼴사납기 그지없는 모습이었다.

지금 무린의 모습.

정말… 말로 설명이 안 될 정도였다.

한쪽 눈가가 찢어져 피가 흐르고, 빨갛게 부어오르고 있었다. 턱은 완전히 작살이 나 입조차 닫지 못하고 있었다.

벌어진 입에서는 침과 피가 섞여 줄줄 흘렀다.

그러나 무린은 그걸 인식조차 못했다.

아예 통각을 넘어섰기 때문에 완전히 아래턱 쪽의 감각이 마비되어 버린 것이다. 심지어 무린은 자신이 침을 질질 흘리고 있다는 사실조차도 모르고 있었다.

그 모습이 흡사 미친개처럼 보였는데도 말이다.

더욱이 옆구리.

움푹 꺼졌다.

주먹 하나는 들어갈 정도로 함몰되어 있었다. 실제로 이 정도면… 분명히 조각난 갈비뼈가 장기를 찌르고도 남았다.

그러면 사실 이미 무린은 죽은 목숨이어야 했다. 그러나 무린은 삼륜공이 있다. 지금도 옆구리는 일류이 머물고 있었다.

뼛조각이 장기를 찌르지 못하게 막고 있는 것이다.

물론 이 또한 거의 무의식이다.

내력이 마르는 순간, 격한 움직임으로 뼛조각이 흔들리는 순간, 그 뼛조각이 장기를 찌르는 순간, 그 순간이 아마 무린의 마지막이 될 것이다.

이런 무린이다.

당장 무릎을 꿇어도, 의식을 놓아도, 쿵. 하고 그대로 쓰러져 기절해도 사실 이상할 게 하나도 없는 무린이다.

그렇지만 무린은 아직 서 있다.

서슬 퍼런 눈빛으로 우챠이를 제대로 직시하며 서 있다.

도대체 어떻게 서 있지?

무린의 상태를 보면, 모두가 이런 생각을 할 것이다.

그런 모두의 의문에 대한 답은 딱 하나다.

'돌아간다…….'

살아 돌아가는 것.

수십 번을 그래왔듯이, 이번에도 살아 돌아가는 것.

그게 지금 현재 무린을 지탱하는 단 하나의 이유다.

그렇다면 어떻게 돌아가야 할까?

돌아가는 방법은 무엇일까?

돌아가기 위해 가장 먼저 해결해야 하는 것은 어떤 것일까?

'죽인다……'

눈앞의 괴물을 죽이는 것뿐이다.

저 괴물을 죽여야 살아 돌아갈 수 있다.

물론, 괴물을 무시하고 갈 수도 있다.

이 정도면 충분히… 무혜가 원하던 바를 이루었다. 애초에 이 일기토를 굳이 나온 게 시간 끌기가 목적이었으니 말이다.

그러나, 그러나 말이다…….

무린은 병사다.

아니, 병사 출신이다.

살수만 있다면 무슨 일이더라도 할 수 있는 인간이 맞다.

그렇지만 무린이 지금 현재는 병사가 아니다.

한 무리를 이끄는 대장이다.

길림성의 방어하고 있는 군의 정점에 선 대장이다.

자신이 도망친다면?

꼬리를 말고 도주를 한다면?

아군의 사기에 지대한 영향을 미칠 것이다.

무린이 도망치는 순간 아군의 사기는 서서히 바닥으로 떨어질 것이다.

물론 목숨이 더 중요하긴 하다.

'아니, 그게 이유가 아니야……'

무린은 미소를 지었다.

작살난 턱 때문에 흉측한 미소가 되었지만 분명히 미소가 그려졌다. 그 미소는 지금 무린이 후퇴하지 않고 저 괴물을 상대로 끝장을 보려는 이유 때문이었다.

'무인의 피……'

강호라는 세계가 가지는 힘.

강호를 지탱하는 마력.

시대가, 왕조가 수없이 바뀌었는데도 강호는 존재했다. 그런 오랜 세월동안 강호가 이어진 이유.

무인의 피.

숙적, 강자. 호적수를 만나면… 피가 뜨거워지고, 검을 마주하고 싶고, 상대를 넘어서고 싶게 만드는 그 마물의 피.

피식.

일그러진 비웃음.

그에 통증이 뇌리를 찔렀지만, 그조차 느끼지 못한 무린이다.

두두두두두.

천지를 강타하던 빗줄기가 조금씩 약해지기 시작했다. 그러나 하늘은 아직도 잿빛. 맑게 갠 하늘은 오늘 안에 보여줄 것 같지는 않았다.

'하늘이 보고 싶군.'

갑작스럽게 든 생각이었다.

이렇게 칙칙한 잿빛하늘 말고, 맑게, 푸르고 청명한 하늘이 갑자기 보고 싶은 무린이었다. 두두두. 면전에 떨어지는 빗방울을 무시하고 하늘을 쳐다보던 무린이 잠시 후 다시 전면으로 시선을 돌렸다.

우챠이가 일어나 철벅, 철벅 소리를 내면서 다가오고 있었다.

크으, 크으. 하고 숨을 내쉴 때마다 하얀 김이 입에서 흘러나왔다. 한겨울의 맹수가 비 오는 대지를 걷는 느낌이다.

'큭!'

결판을 내야지.

느낌이 온 무린이다.

이제, 결판을 낼 때라고.

기잉.

기이잉.

무린의 이마 앞으로, 미약한, 너무나 힘없는 빛을 발하는 삼륜이 떠올랐다. 크큭! 그에 우챠이의 두 눈에도 적갈색의 아지랑이가 같은 기운이 머무르기 시작했다.

그도 느낀 것이다.

이제, 마지막을 장식할 시간이라고.

그극.

앞으로 걷던 발끝에 묵직한 게 걸렸다.

잠시 멈추고 시선을 내리니, 시꺼먼 광택이 보였다.

'아…….'

창.

철창이었다.

운 좋게, 발을 질질 끌고 가다가 운 좋게 발끝에 걸린 것이다. 무린은 주저 없이 상체를 숙여, 철창을 쥐었다.

'흐읍……!'

그 행동에 눈앞이 하얗게 변색됐다가 되돌아왔다. 숙이는 동작이 옆구리를 자극, 지대한 통증을 만들어낸 것이다.

"크어어……."

억눌린 신음이 무린의 입에서 흘러나왔다.

역시나 침은 줄줄.

입술을 타고 떨어진 침이 손등으로 떨어지고, 빗물에 섞여 손바닥 안으로 흘렀다. 부르르 떨며 상체를 펴고 앞을 보자, 이게 웬걸.

우챠이도 상체를 숙이고 번쩍이는 날을 가진 대부를 손에 쥐고 있었다. 역시, 이제 마지막이다.

서로가 무기를 쥐었으니, 젖 먹던 힘까지 모든 내력을 끌어모아, 격돌할 것이다.

그리고… 승자와 패자가 나올 것이다.

아니면, 둘 다 죽든가.

양단간에 결정을 내릴 때다.

기잉.

기잉.

진동하는 삼륜이, 무린의 철창으로 이동하기 시작했다. 그에 따라 점차 맑은 빛을 뿌리기 시작하는 무린의 철창.

동시에 우챠이의 대부도 적갈색의 아지랑이에 쌓여 있었다.

쏴아악!

그걸 본 무린은 최후의 최후, 남아 있는 모든 내력을 쥐어짜 용천으로 보냈다. 처음의 폭발적인 가속은 아니었지만, 내력을 받아먹은 무풍형이 무린의 신형을 순식간에 앞으로 쏘아 보냈다.

크아아!

그에 우챠이도 화답하듯이 거대한 흉성을 터뜨리고 마주 튀어나왔다. 순식간에 거리가 좁혀졌다.

그리고 격돌.

그때, 지독히 붉은 궤적이 난입했다.

스가앙……!

쩡……!

무시무시한, 너무나 애처로운, 이 싸움의 마지막 폭음이 사방을 강타했다.

털썩.

하나는 쓰러지고, 하나는… 서 있었다.

승자와 패자가 나온 것이다.

그리고 두 사람이 새롭게 그 자리에 등장했다.

지금의 하늘과 비슷한 칙칙한 잿빛머리의 사내와, 이 어둠 속에서도 신비로운 빛을 뿌리는 은발의 여인이었다.

第百十一章　난입자(亂入者)

귀환병사

백면과 남궁유청은 무린의 처절한 전투를 눈앞에서 지켜보고 있었다. 성벽을 내려와 무린에게 접근은 했지만 일정 이상 다가가지 못했다.

둘이 내려오자 북원의 진형에서 범상치 않은 기도를 흘리는 일인과, 수준급에 도달한 정예무인 아홉이 마주 다가왔기 때문이다.

난입하는 순간, 우리도 '난입하겠다는 의사가 다분한 행동이라 둘은 멈출 수밖에 없었다. 겁을 먹어서?

설마, 천하의 패검 백면과 창천유검 남궁유청이 겁을 먹을

리가 있나. 그 둘은 조금도 겁을 먹지 않았다.

멈춘 이유는 딱 하나.

무린이 위험할까 봐, 그 하나였다.

조용히 간격을 유지하고 무린을 지켜봤다.

가까이서 본 무린은… 아, 실로 처참했다.

"음……."

"……."

두 사람은 무린을 보면서, 순식간에 부상 정도를 알아차렸다. 답이 없을 정도로… 엉망이었다.

외적인 타격은 정말 장난이 아니었다.

작살이 난 턱.

함몰된 옆구리.

그 외에 육체 곳곳에 난 열상(裂傷).

하지만 그보다 더 심각한 것은 내상이다.

이 정도로 육체가 망가졌는데 내상이 없다? 설마, 그런 일은 존재할 수조차 없었다. 분명히 무린은 내상을 입었다.

다만, 한계에 몰린 정신력과 체력 등등으로 느끼지도 못하고 있을 가능성이 있었다. 아니면 스스로도 내상에 대한 경계를 하고 있을지도 몰랐다.

아니다.

'의식하고 있어도 챙길 겨를이 없다.'

저 정도의 싸움이다.

치열하다 못해… 뭐랄까. 마땅한 단어조차 떠오르질 않았다. 그냥, 말 그대로 일기토고 생사결이었다.

이런 상황에 내상을 신경 쓸 수 있을까?

그거에 신경 쓰는 순간 어디서 어떤 일격이 날아와 자신의 몸에 처박힐지 모르는데? 불가능한 일이다.

의식을 따로 두 개로 나누지 않는 이상, 이 정도 상황이면 당장 싸움 말고 다른 데 신경 쓸 의식을 챙길 여력자체가 없었다.

무린이 주먹으로 치면, 우챠이도 주먹으로 쳤다.

무린이 발로 차면, 우챠이도 발로 찼다.

지기 싫어하는 게 아닌, 어디든지 적과 가장 가까운 곳에 있는 나의 신체로 상대를 공격하고 있었다.

주먹으로 치고 발로차고.

팔꿈치로 찍고, 무릎으로 찍고.

머리로 박고, 밀고 난리도 아니었다.

정말 완전히 개싸움이었다.

그러나 그 모습은 아주 조금도 추해 보이지 않았다. 진흙에 엉망이 되고, 적의 공격에 작살난 얼굴을 하고 있는데도 무린의 모습은 아주 조금도 추하지 않았다.

오히려… 존경스러울 정도다.

'저 사내는……'

백면은 실로 감탄했다.

남궁유청은 담담한 표정으로 무린의 혈투를 두 눈에 새기고 있지만, 백면은 가면 속에 표정을 저도 모르게 감탄한 모양으로 만들고 지켜봤다.

물론 자신도 저런 상황이라면 할 수 있을 것 같았다. 하지만 지금의 무린처럼 부상을 입고도 저렇게 악착같이, 처절하게 움직일 자신은 없었다.

본인은 본인이 가장 잘 아는 법.

불(火), 그리고 무(武)를 숭상하는 신교의 무인은 결코 추태를 보여서는 아니 되는 법. 그래서 백면은 무린처럼 싸울 자신이 없었다.

하지만 무린은 보여주고 있었다.

'무엇이… 진 형을 그렇게 움직이게 만드오?'

물었다.

답을 알면서도 말이다.

무린이 왜 저렇게 악착같이 치고받는지, 거대한 괴물, 우챠이를 무너뜨리려고 하는지, 목숨을 끊으려고 하는지 모를 리가 없는 백면이다.

하지만 그럼에도 물었다.

도대체 뭐가, 그대를 그렇게 강인하게 만드느냐고.

'가족이… 우리가 그렇게 당신에게 큰 힘이 되고 있소?'

답은 정확히 두 가지다.

하나는 당연히 지키기 위해서였고.

둘은 그 지킬 대상에게 돌아가기 위해서였다.

백면은 이 두 가지 전부를 잘 알고 있다.

'나라면 할 수 있을까?'

고개가 저어진다.

백면은 못한다.

이것은 역량의 문제가 아니다.

그릇의 문제고, 태생이 문제고, 주변의 문제고, 마음가짐의 문제다. 그 모든 것에서 백면은 자신이 부합되지 않는 다는 것을 느꼈다.

'죽지 마시오.'

빡!

그 말이 끝남과 동시에 저 거대한 괴물이 무린의 이마에 박치기를 처먹인다. 그리고 맞고 고통스러워하는 와중에도 팔을 휘둘러 괴물을 쳐내는 무린.

한 대 맞으면, 반드시 한 대를 되갚아주는 무린이다.

'하……'

등줄기를 타고 뜨겁기 그지없는 열기가 흘렀다.

그것은… 기묘하다.

분명히 느껴본 적이 있는 열기다.

호승심.

불타는… 호승심.

그러나 백면은 잘 안다.

이 자리.

자신이 낄 자리가 존재하지 않는다는 것을.

시간은 흘러간다.

당연히 전투의 끝이 보인다.

무린이 창을 들고, 우챠이가 대부를 들었다.

"마지막이군."

툭 튀어나와 귀에 막히는 남궁유청의 말.

절정의 노검사가 하는 말이다.

무린의 창이 우윳빛 빛을 발하고, 우챠이의 대부가 지독한 핏빛 혈무를 피워 올렸다.

이제 진짜 마지막.

이 모습은 정말…….

"숭고하군…….,"

그 모습을 보며 남궁유청이 백면의 심정을 대변했다.

"동감하오……."

백면도 고개를 끄덕여 동감했다.

지금 무린의 모습은 정말 너무나 숭고했다. 조금 약해졌지만 빗줄기는 아직도 대지를 향해 떨어지고 있었다.

고개를 들어봐도 아직 칙칙한 잿빛하늘이다. 거대한 먹구름이 해를 가리고 있어 사방은 여전히 어두컴컴했다.

온 천지가 먹먹했다.

그런데 백면의 눈에는… 무린이 빛나고 있었다.

너무나 숭고한 모습에, 너무나 찬란히 빛나고 있었다.

절대 그런 모습이 아니었지만, 그런 착시가 보였다. 환상이 보였다.

"이기시오."

그런 무린이니.

이길 것이다.

이윽고 무린과 괴물이 부딪쳤다.

숭고한 대결의 마지막. 그 절정. 흔히 화룡정점이라 하는 대미의 끝이 장식될 차례. 그래, 그래야 했는데…….

스가앙……!

쩡……!

난입한 붉은 궤적을 그것을 방해했다.

잿빛머리의 사내, 은발머리의 여인.

이 둘이 말이다.

그게 백면을 분노케 만들었다.

무린이 그려놓은 그림을, 마지막 점 하나만 찍으면 되는 대미의 장식을, 이 따위로 망치는 자가 있다니.

'감히······.'

이것은··· 모독이다.

무린의 보여준 여태까지의 처절한, 숭고한 전투에 대한 너무나 거대한 모욕이다. 더불어 그걸 막지 못한 자신에게··· 백면은 무한한 저주를 퍼부었다.

스르릉······.

화르르.

흡사 열사지옥의 화마처럼 끓어오르는 분노를 느낄 때, 그리고 검손잡이에 손을 댔을 때 백면보다 먼저 검을 뽑는 자가 있었다.

옆에 있던 남궁유청이었다.

지독한 한기가 느껴졌다.

그도 백면과 같은 심정인 것이다.

너무나 화가 나, 그 감정이 순간적으로, 아주 폭발적으로 터지면서 제어가 안 됐다. 그래서 검을 뽑은 것이다.

스르릉.

동시에 백면의 검집에서도 묵직한 패검이 살벌한 예기를 토해내며 뽑혀 나왔다. 그리고 그 다음은 역시, 기세다.

찢어발길, 무린의 숭고함을 모독한 두 연놈을 갈가리 찢어버리겠다는 지독한 기세가 뿜어져 나왔다.

농담이 아니다.

저벅, 저벅저벅.

남궁유청의 발이 천천히 앞으로 떼어지고, 거의 동시에 백면의 발걸음도 떼어졌다. 그리고 두세 걸음을 걸었나?

둘의 모습은 사라졌다.

쾅……!

쩌정……!

천지를 울리는 굉음.

실로 무시무시하게 분노한 두 사람의 검격이 잿빛머리의 사내, 은발의 여인에게 떨어져 내렸다.

폭음과 함께 튕겨나가는 둘.

날아간 두 사람은 서지도 못하고 바닥을 처참하게 구른다.

백면과 남궁유청이었다.

반대로 두 사람의 공격을 받은 일남일녀는, 그 자리에 그대로 서 있었다. 서 있는 둘의 얼굴엔 여유가 가득했다.

"다짜고짜 칼질이라……."

그중 사내의 입에서 나직한 목소리가 흘러나왔다. 고저가 분명하나, 그다지 기분 좋아 보이는 목소리는 아니었다.

하지만 이상하게 열기가 느껴진다.

마치 재미있는 장난감을 발견했을 때 나오는 그런 목소리였다. 잿빛머리의 사내, 특이한 점은 두 눈을 가리는 안대였다.

아니, 안대가 아니라 길쭉한 검은 천을 접어 그대로 눈을 덮어 묶었다. 특징이 매우 두드러지는 사내.

이런 모습을 한 무인이 현재 강호상에서 위명을 떨치고 있었다.

광검(狂劍) 위석호(偉奭虎).

원총의 총귀들을 전멸시키고, 혼자서 총사 셋의 목을 따버리며 안 그래도 높던 무명을 더욱 높은 곳으로 올려버린 무인.

얼마 전 비천대도 들어 알고 있는 광검 위석호, 그였다.

"이런 상황만 아니었어도… 후후. 아쉽군. 안 그래, 미오?"

"……."

입술을 매만지며 정확을 백면과 남궁유청을 바라보며 말

하는 위석호였다. 그리고 끝의 질문의 대상인 은발머리 여인은 그저 침묵.

다만 그녀의 시선은 우챠이에게 고정되어 있었다.

"누구냐······."

크르르, 짐승의 울부짖음이 깃든 물음.

우챠이였다.

분명히 목소리에는 처음과 같은 힘은 없었지만 여전히 전투적인 의지가 다분히 들어간 목소리였다.

눈빛, 눈빛도 마찬가지였다.

그런 눈빛을 받는 자는 다름 아닌 위석호.

"알 것 없다. 그저 이 사내를 구하기 위해 왔으니 너는 그만 돌아가라."

"······."

위석호의 말에 우챠이의 얼굴에 미소가 차기 시작했다. 어이가 없는 것이다. 돌아가? 누가 감히 내게 명령을 내려? 그런 이유다.

우챠이는··· 승자였다.

알고 있었다.

마지막의 난입만 없었다면, 그래서 자신과 비천객의 그대로 내력이 부딪쳤다면, 승자는 분명히 자신이었을 것이다.

그런데 돌아가?

다 된 밥에 재를 뿌려놓고?

백면이 느꼈던 것처럼, 남궁유청이 분노했던 것처럼, 이건 모독이다. 성스러운 전사들의 싸움을 모욕한 것이다.

"크크, 크크크크……!"

그런데 돌아가라?

어이가 없다.

어이가 없다 못해 아주 속이 뒤집히는 우챠이였다. 속이 뒤집히자 곧바로 전면으로 튀어나오는 것은 그 흉포한 성향의 전투의지다.

우챠이가 손에 든 대부를 움직였다.

그러나 그건 마음뿐. 겨우 움직이려고 하는 모습만 보여줬다.

부르르 떨리는 팔 근육.

경련이 와도 제대로 온 모습이다.

그만큼, 현재 우챠이도 지쳐 있었다.

벽을 넘은 우챠이가 벽 안의 무린에게 당해도 제대로 당한 것이다. 근데 어디 경련뿐이랴? 양 옆구리는 금이 제대로 가 있었고, 한쪽 손목은 아예 쓰지도 못한다. 대부를 잡고 있는 손도 겨우 잡고만 있을 뿐.

이제는 움직이지도 못한다.

결국 마음만, 의지만 남은 상태란 소리였다.

그 상태를 난입자, 위석호는 제대로 꿰뚫어 보고 있었다.

"그 상태로 나를 상대하겠다? 후후, 용기는 가상하군."

냉담하게 내뱉는 위석호의 말에 우챠이의 눈썹이 꿈틀거렸다. 그의 입장에서는 너무나 모욕적인 언사를 들었기 때문이다.

"크크크……."

두 눈에 붉으스름한 기운이 맺히기 시작했다.

그것은 공격을 위해, 내력을 모으고 있다는 신호였다.

피식.

"허나."

스가앙……!

쩡!

파삭!

세 번의 파열음이 위석호가 피식 웃고 난 직후 들려왔다. 첫 번째는 그의 검이 공간을 가르는 소리였고, 두 번째는 검이 우챠이의 대부를 때려서 난 소리였다.

세 번째는, 우챠이의 대부가 부서지는 소리였다.

무린의 내력도 버텨낸 우챠이의 대부다.

그러나 지금 위석호의 검격에는 너무나 쉽게 부서지고 말았다. 내력의 차이도 차이지만, 순간적인 집중 후, 타격.

정확하게 때렸기 때문에 우챠이의 대부가 이제는 그저 쇳

조각이 되어 버렸다.

"지금은 만용이다. 돌려보내준다 했을 때 꺼져라."

"……."

우챠이의 미간이 꿈틀.

그는 이 일격으로 위석호를 알아보았다.

빛의 궤적만 번쩍이는 검격.

두 눈을 가린 무인.

잿빛 머리.

이런 모습을 한 자, 강호상에 흔치도 않을 뿐더러 이 정도 무력을 보여주는 검사는 딱 한 명이었기 때문이다.

"네놈… 그래, 들어보았지. 붉은 궤적, 눈을 가린 검은 천, 그리고 잿빛의 불길한 머리. 광검, 네놈이 광검이구나."

크크.

재미있다는 듯이 우챠이가 웃었다.

번들거리는 눈동자는 그의 육체가 이미 임계점을 넘어 한계임에도 흉포한 성정을 그대로 보여주고 있었다.

"그래, 내가 광검이다. 알아보았다면 꺼져. 지금의 너는 내 일격도 받지 못하니까."

잔인하게, 그리고 치욕적으로 떨어진 그 말에 우챠이의 어깨가 부르르 떨렸다. 부정하지 못한다.

광검 위석호의 무위는 이미 절정을 넘어선 상태. 느껴지는 것만으로도 감이 잡히지 않는 상태였다.

특히, 불길한 무언가가 우챠이를 자극했다.

그것은 머리가 아닌 심장이 잡아 챈 본능적인 위험함이었다.

스멀거리는 아지랑이.

아무것도 없어야 할, 아니면 그저 이 땅위의 사물, 풍경의 모습만 보여야 할 공간에 무엇인가가 보인다.

흉포하기 그지없는… 인간이 아닌 무언가가.

우챠이의 본능은 그걸 이미 깨달았다.

하지만,

그렇다고 물러날 수는 없는 우챠이다.

아니, 물러나는 법을 배우지 못한 우챠이다.

뒷걸음질은, 죽음으로 가는 진일보라 배웠기 때문이다.

크하하!

터뜨리고, 단전에 남아 있는 내력을 있는 힘껏 쥐어짜 전신으로 돌렸다. 그에 다시 우챠이의 눈동자, 반쪽의 날만 남은 대부가 적갈색의 아지랑이에 쌓이기 시작했다.

그걸 보던 광검의 입가가 짜증을 담았다.

"진원지기까지 끌어 쓰나? 짜증나게 하는군."

진심으로 짜증스러워 하는 위석호였다.

"미오"

"네."

"정리해."

"……."

말이 끝남과 동시에 퍽! 소리가 울렸다.

은발의 기다란 궤적이 우챠이의 전면으로 생겼다가 사라졌다. 궤적, 잔상이 사라졌을 때 여인은 처음 그 자리에 도도하게 서 있었다.

그럼 둔탁한 소리는?

쿵.

우챠이가 앞으로 고꾸라졌다.

무릎을 꿇은 것도 아니고, 그냥 그대로 앞으로 쓰러졌다.

무슨 일이 벌어진 거지?

의문이 드는 것은 당연한 일이었다.

강철 같던 육체를 자랑하던 우챠이가, 제아무리 지쳤기로서니 일격에 기절을 하다니, 어이가 없는 일이었다.

상황은 이랬다.

위석호의 말이 끝남과 동시에 은발머리 여검사가 움직였고, 도를 빼지도 않고 휘둘러 우챠이의 턱을 강타했다.

그 단단한 육체를 뚫고 우챠이의 의식을 날려버린 것이다.

제아무리 우챠이가 한계치에 몰렸다지만, 정신력만큼은 아직도 멀쩡하게 살아 있었다. 지친 것은 그의 육체뿐이었다.

그런데 그런 우챠이를 일격에 제압한 것이다.

육안으로 따라잡지도 못할 가공할 속도로 말이다. 속도뿐인가? 정밀한 타격, 힘, 모든 것이 완벽한 일격이었다.

무시무시한 무력이었다.

쏴아아아!

우챠이가 쓰러지자 약해지던 빗줄기가 다시금 세지기 시작했다. 젖은 머리카락을 뒤로 넘긴 위석호가 한마디를 북원군영을 바라보며 말했다.

"데리고 가라."

위석호의 말이 끝나기 무섭게, 백면과 남궁유청이 내려섰을 때 같이 경계하러 나온 맹강이 친휘대 아홉과 천천히 다가왔다.

경계가 가득 섞여 있는, 조심스러운 접근이었다.

그 모습에 위석호는 다시 실소를 자아냈다.

"안 잡아먹으니 빨리 데리고 꺼져라. 괜히 마음 변하는 수가 있으니."

"……."

위석호의 말에 맹강을 포함한 십 인의 접근이 더욱 빨라졌다. 그리고 우챠이를 등에 업고는 곧바로 뒷걸음질로 물러나기 시작했다.

그 모습은 정말 괴상한 일이었다.

수만의 북원군 앞에서 오히려 봐준다는 말을 꺼내는 위석호. 상식적으로 말도 안 되는 일이었다.

아무리 위석호가 강하다고 한들 수만이나 되는 군단을 상대로 이길 가능성은 불가능에 가깝다.

아니, 불가능 그 자체다.

그런데도 마치 칼자루를 잡은 듯이 행동하는 것은 북원군이 아닌 위석호였다. 실제로 잡고 있었다.

불쑥 난입해 우챠이를 쓰러뜨렸다.

우챠이는 이곳 길림성 공략군의 수장이다.

그러니 칼자루가 위석호에게 있는 건 당연한 일이었다. 하지만 아무리 그렇다 해도 이 정도 행동, 배짱은 정말 상상 이상이었다.

물론 수만이 둘러싼다고 해도 빠져나갈 무력이 있는 위석호였기에 가능한 일이었다.

우챠이가 멀어지자, 위석호는 이번엔 아직 검을 겨누고 기세를 흘리고 있는 백면과 남궁유청에게 향했다.

그러다 발치에 쓰러져 있던 무린을 툭 치며 말했다.

"언제까지 그러고 있을 거지? 지금 중요한 건 이 친구의 목숨이 아닌가?"

그 말 한마디가, 모든 상황을 종료시켰다.

쏴아아아.

비는 여전히 내리고 있었고, 일기토는, 생사결은… 우챠이의 승리로 끝났다.

무린의 패배.

패배의 대가로 다시 사경을 헤매기 시작하는 무린.

믿기지 않는 일이, 결코 믿고 싶지 않은 일이 다시 발생해버렸다.

第百十二章 대분노(大忿怒)

귀환병사

무린의 패배.

충격, 비천대에게는 정말 충격이었다.

조장들이야 그나마 정신을 수습하고 있었지만, 일반 대원들은 정말 얼이 순간적으로 빠질 만한 일이었다.

게다가 무린의 상태는 정말로 처참했다.

어느 정도다 말을 꺼내기도 미안할 정도로 완전히 망가진 상태였다.

성문을 통과해서 무린이 쓰던 거처로 옮겨질 때, 모든 비천대원들이 무린의 상태를 봤다. 목숨보다는 아니지만 한 몸처럼 아끼던 철창마저 다른 이의 손에 들려왔다.

무린을 처소에 눕히고, 비와 진흙으로 인해 몸에 찰싹 붙은 검은 무복을 벗긴 다음 비천대가 전부 차고 있는 갑옷까지 벗겨냈다.

그리고 깨끗한 천과 물로 무린을 닦고 씻겼다.

"……."

"……."

맙소사…….

지켜보던 비천대의 조장들, 이들의 말문이 모조리 막혔다. 으음… 하는 신음 소리조차 흘러나오지 않았다.

턱은 박살이 나 일그러져 있었다.

본래의 강인한 선은 여기저기 튀어나오고, 푹 꺼져 있었다. 그에 입은 닫히지 않아 아직도 시꺼먼… 피를 주륵 흘리고 있었다.

눈두덩이의 상처는 새하얀 뼈가 그대로 보였다.

벗겨낸 상의.

옆구리가 함몰되어 있었다.

피부는 이미 시꺼멓게 죽어 있는 상태였다. 거기에 삐죽 살을 뚫고 삐져나온 뼛조각까지 보였다.

그리고 크고 작은 생채기가 가득하다.

특히 얼굴을 가로지르는 혈선은 깊게 베였는지 아물어도

흉이 남을 것 같아 보였다. 새끼손가락 하나는 손톱부터 뭉개져 있었고, 한쪽 발목도 비틀려 있었다.

"아아……."

스르륵.

정신이 없는 와중이라 막지 못했던 무월. 그녀가 무린의 상태를 보자마자 그대로 정신줄을 놓았다.

"아, 아가씨!"

"연호, 아가씨를 처소로 모셔라."

"네!"

김연호의 바로 앞에서 쓰러졌고, 그러자 윤복이 무거운 목소리로 명을 내렸다. 급히 김연호가 무월을 안아 무린의 처소를 벗어났다.

근데 웃긴 것은 털썩 하고 무월이 쓰러지고 나서야 비천대는 반응을 했다. 그만큼 지금 무린의 모습이 주는 충격이 컸다는 뜻이다.

심지어 백면, 남궁유청도 반응을 못하고 있었다.

"비켜보세요!"

그때 다시 좌중을 일깨우는 소리.

나직하고 신비롭지만, 다급한 목소리.

단문영이었다.

그녀는 손에 여러 개의 주머니를 들고 비천대를 헤쳐 무린의 앞까지 도착했다. 누구도 단문영의 행동을 막지 않았다.

그녀는 만독문의 직계.

무시무시한 독을 상단의 무공으로 뿜어내는 고수다.

육체적인 무력은 없지만 정신적으로 펼치는 무력은 웬만한 비천대도 한 수 접어줘야 할 실력자였다.

그런 그녀의 특기는 말했듯이 독. 독공이 아닌, 독 자체를 가지고 펼치는 무공이다.

흔히들 말한다.

독을 잘 아는 고수는 의술(醫術)도 뛰어나다고.

맞는 말이었다.

예전에 장백산에서 단문영은 약초를 능숙하게 다뤘다. 그건 확실히 많이 다뤄본 사람의 손길이었고, 무린도 인정했다.

그리고 실제로 여러 번 전투로 있었던 외상과 내상의 치료를 도맡아 했던 것도 그녀, 단문영이었다.

게다가 이제 길림성에는 일반백성은 아무도 남아 있지 않았다. 슬슬 결착이 다가오는지라 모두 성 밖으로 내보냈다. 그나마 있던 의원들도 이제는 없으니 단문영 만이 유일한 의원이라 할 수 있었다.

"……"

까득.

이를 꽉 깨물고 그녀는 첫 번째로 무린의 감겨 있는 눈꺼풀을 들었다. 예전부터 쓰이는 검진 방법, 빛에 반응하는 동공을 확인하는 것이다.

잠시 후 내려놓고, 이번에는 무린의 손목을 잡는다.

이것은 확실하게 알 수 있다.

무린의 숨이 뛰고 있는지, 안 뛰고 있는지.

"……."

단문영은 한참을 잡고 있었다.

느껴지지 않는 것일까?

그러나 나중에 나오는 나직한, 그리고 안도의 느낌이 가득한 한숨에 무린의 숨이 아직 붙어 있다는 것을 비천대는 알 수 있었다.

다음은 턱으로.

손길은 조심스러웠다.

살짝 다였는데, 무린의 몸이 꿈틀거렸다.

그것은 기절은 했는데도 몸이 통각에 반응을 했다는 증거였다. 살아 있으니 당연한 것. 그러나 누구도 좋아하지 못했다.

마지막은 옆구리.

단문영은 옆구리에 손도 대지 않았다.

알고 있는 것이다.

그녀가 어떻게 할 수 있는 영역을 지났다는 것을.

"당장… 실력 있는 의원을 찾아야 해요. 그것도 외상이나 열상 쪽에 실력이 있는 의원으로요."

그녀가 내놓은 답이었다.

하지만, 그렇게 할 수가 있나?

상황이 상황이다.

물론 길림성으로 들어왔던 길로 다시 돌아나가면 된다. 그러나 문제는 무린이다. 이런 몸으로 움직이는 게 가능한가.

조금만 잘못 움직여도… 무린의 목숨은 그대로 쓰러질지 모른다. 바람 앞의 등불. 무린이 지금 딱 그 상황이었다.

"옆구리의 부상이 심각하오. 잘못 움직이면 폐나 다른 장기를 찌를 텐데… 어떻게 대주를 옮길 작정이오?"

관평의 말이었다.

개구멍은 있다.

하지만 그곳의 폭은 작다.

한 사람을 등에 업고 기어나가는 건 불가능하다.

나가려면 직접 기어나가야 한다.

그럼 성문 밖으로?

더더욱 불가능하다.

길림성은 이미 수만의 북원군이 철저하게 포위한 상태니까. 만약 야밤을 틈타 몰래 빠져나가라고 한다면 백면이나 남궁유청 정도는 가능할 것이다.

아니면 저 뒤에서 사태를 관망하고 있는, 아직은 비천대의 관심을 받지 못하고 있는 광검이나 은발머리 여검사 정도면 말이다.

하지만 무린을 등에 메고서는?

절대로 불가능하다.

혼자 나가는 것과, 다 죽어가는 송장 하나를 등에 업고 안전히 빠져나가는 것과는 차원이 다른 일이다.

"후우……."

단문영은 관평의 말에 대답하지 못했다.

그녀도 방법이 없는 것이다.

"통증이나 숨을 이어놓을 수는 있어요. 이런 사태를 대비해서 구명단을 만들어 놓았으니까요. 하지만 문제는 내상이 아니라 외상… 관평 조장의 말처럼 옆구리 외상에 대해서는 저도 방법이 없어요."

"……."

미치겠군.

침묵했지만 비천대의 머릿속에서 공통적으로 떠오른 생각이었다. 방법이, 방법이 떠오르지 않는다.

모두가 저마다 생각에 잠겼다.

길림성 안에 의원이 있나?

없다.

단문영을 빼면 전문적인 지식을 가진 의원은 전무했다. 그
렇다면 밖으로 나가야 된다. 무린을 살리려면 반드시.

하지만 밖으로 나갈 방법이 없다.

비천대의 머릿속이 꼬인 실타래마냥 엉켰다.

그러나 반대로 머리를 쓰는 사람이 있었다.

"진무혜라 합니다. 비천대의 군사를 맡고 있습니다. 어디
서 오신 누구신지요."

나직하고, 모두의 생각을 일거에 잘라버리는 목소리였다.
무혜의 목소리에 모두가 생각을 순식간에 접은 것이다.

그래, 무혜라면.

군사라면.

공통적으로 다시금 이런 생각을 한 것이다.

"위석호다. 이쪽은 내 누이동생인 미오. 사문은 밝히지 못
함을 이해하라."

"그러시군요. 저희 대주를 구해주셔서 감사합니다."

"개입하지 않았으면 죽었을 테니 어쩔 수 없었다. 그러나
씁쓸하군. 숭고한 무인의 정신을 내가 박살 냈으니까."

"……."

그 말은, 만약 자신이 개입하지 않았다면 무린은 죽었을 것
이란 말이다. 그래, 맞다. 난입하는 순간 세 사람의 내력이 엉
켜 터지면서 셋 다 똑같이 피해를 받았다.

어느 한 사람에게 내력이 집중적으로 폭발하지 않았다는 소리다.

그런데 폭발이 영향이 끝난 후, 무린은 쓰러져 있었다. 반대로 우챠이는 서 있었다. 그건 곧 우챠이의 무력이 결국 더 강했다는 뜻이다.

내력이 무린보다 더 남아 있었으니 피해도 덜 받았다는 뜻도 된다. 그럼 만약 이 위석호라는 자가 개입을 안 했으면?

죽었다.

무린은 무조건 죽었을 것이다.

그러니 따지고 보면 생명의 은인이다.

"감사드립니다. 구명의 은, 죽을 때까지 잊지 않겠습니다."

무혜는 정말, 정말 깊게 허리를 숙였다.

그리고 온 가슴으로, 진심이 가득 찬 목소리로 위석호에게 감사를 표했다. 그러나 위석호는 손을 휘이휘이 저었다.

"나야 내가 갚아야 할 빚 때문에 행한 일. 감사받을 일이 아니다. 거기다가 비천객에게는 예전에 한 번 무례를 범한 적도 있으니 겸사겸사였고."

"……"

갚아야 할 일.

그리고 무린과 안면이 있었다.

무혜는 첫 번째에 주목했다.

"혹시, 누군가의 부탁을 받고 이곳에 오신 건지요."

무혜의 말에 위석호의 가려진 눈이, 무혜를 정확히 직시했다. 흠칫. 미세하게 무혜의 몸이 떨렸다. 무혜는 보이지 않는 시선에 자신의 머리부터 발끝까지 관찰당하는 느낌을 받은 것이다. 뭔가… 오싹한 사내였다.

"역시 회전이 빠르군. 맞아, 부탁을 받았지. 내 생명을 한 번 구해준 꼬마에게. 자, 받아라. 꼬마가 보낸 서신이다."

"……."

휙.

꼬마? 하고 생각하는 찰나 위석호가 던진 서신이 무혜의 품으로 정확히 떨어졌다. 무혜는 망설임 없이 서신을 폈다.

첫 문장을 읽는 무혜는 순간적으로 눈꼬리가 파르르 떨렸다.

사저(師姐).

단 한 단어였다.

무혜는 자신이 누군가의 문하라고 생각해 본적은 없었다. 다만 한 노인에게 서적을 받았고, 그걸 공부했을 뿐이었다.

그러니 딱히 스승이 있다는 생각이 들 리가 없었다.

그런데 편지의 시작이 사저라는 단어다.

그것은 한 스승을 둔, 손위 선배를 일컫는 말이다. 무혜가 이 뜻을 모를 리가 없다. 또한 누군지는 모르지만, 이 서신을 보낸 사람의 정체도 금방 깨달았다.

'내게 무경십서를 준 할아버지의 제자. 내게 책을 주고 난 후에 받아 들였으니 내가 사저가 되는 거야.'

정확하게 파악했다.

맞다.

서신을 보낸 사람은 소향이었다.

만나본 적은 없지만 따지고 보면 자신의 사제가 되는 사람이 보낸 서신이었다. 무혜의 눈동자가 빠르게 서신을 읽어갔다.

그리고 놀랐다.

이곳의 현재 상황을 정확히 파악했고, 해결방안도 내놓았다.

더불어 반드시, 반드시 그래야 한다고 강조까지 했다.

'믿어야 할까?'

모르겠다.

그래서 무혜는 비천대를 바라보았다.

"소향이라는 소저를 아시는지요?"

전체에게 묻는 답.

그러자 비천대 전원이 고개를 끄덕였다.

돌아가는 상황을 모르니 수긍만 한 것이다.

"소향 소저가 대주를 살릴 방법이라며 보낸 서신입니다. 믿고 이 사람들에게 대주를 맡겨도 괜찮은지 생각해서 말해 주십시오."

정확히 요약해 나온 무혜의 말에 비천대의 조장들은 전부 생각에 잠겼다. 그러나 답은 곧바로 나왔다.

고개를 끄덕인 것이다.

백면이 대표해서 말했다.

"소향 소저의 말이라면 믿어도 되오. 알게 모르게 비천대를 많이 도와준 여인이니. 또한 진 형과도 인연이 깊은 것으로 아오. 맡기시오."

물론, 백면은 광검 위석호가 싫다.

무인의 숭고함을 개작살낸 사내가 좋을 리가 있나.

그러나 그건 그거다.

지금 중요한 것은 오직 무린. 무린의 목숨이다.

차차 내버려둬서 자연치료가 될 것 같았으면 이러지도 않았다. 당장 제대로 된 치료를 받아야 한다.

사사로운 감정은 내면으로 깊게 처박아 버리고, 이성적으로 생각하고, 행동하는 백면이었다. 그런 백면의 말을 들은 무혜도 고개를 끄덕였다.

"그렇다는군요. 잘 부탁드립니다."

무혜가 위석호를 향해, 은발머리 여검사를 향해 깊게 머리를 숙였다. 무혜가 무턱대고 무린을 이 둘에게 맡기는 게 아니었다.

자신의 사제가 하는 말 때문에 맡기는 것도 아니었다.

비천대가 믿고 있다.

자신이 할 수 없는 걸 이 두 남녀가 할 수 있다고 비천대가 믿고 있다. 물론 그 이유가 소향이라는 자신의 사제 때문이지만 비천대가 믿는다면, 무혜도 믿을 수 있었다.

지금까지 봐온 비천대라면 절대로 허튼 소리를, 이 상황에서 무린에게 해가 되는 일을 허락할 이유가 절대로 없다고 생각했기 때문이다.

그러니까 무혜가 믿은 건.

비천대를 믿은 거고.

비천대를 믿는 무린을 믿은 것이었다.

'오라버니가 믿는 비천대의 믿음을 받고 있어. 그건 오라버니의 믿음도 받고 있다는 거야. 그러니 맡기자. 오라버니의 일은… 이 둘에게 맡기자.'

그렇게 위안 삼았다.

그리고 사실 지금의 무혜는…….

속이 찢어지고 있었다.

무린이 다쳐서?

맞다.

하지만 거기에 살짝 다른 이유가 섞여 있다.

'북원……'

쥔 주먹에서 피가 흘렀다.

손톱이 살을 파고들어… 자상을 입힌 것이다. 왜 이런 행동을 할까.

뻔하지 않나. 무혜는 지금 어마어마하게 분노하고 있었다.

무린을 이렇게 만든… 북원, 그 자체를 말이다.

무공도 익히지 않은 무혜다.

그런데 지금 그녀의 눈동자에 푸른 귀화가 타오르고 있는 것 같았다. 새파란 불꽃이 무섭게 일렁이고 있었다.

동시에 또 무린을 다치게 했다는 자괴감이, 죄책감이 온몸을 두드리기 시작했다.

아팠다. 피멍이 들 정도로 아팠다.

그런 무혜의 상태를 느낀 것인지, 위석호가 말했다.

"진정하지? 분노는 없던 힘도 내게 하지만, 반대로 이성을 마비시켜 냉정한 파단을 못하게 한다. 소저의 위치는 군사. 군사는 분노도 하면 안 돼."

"알고… 있습니다."

위석호의 말에 무혜는 떨리는 목소리로 대답했다.

피식.

"미오, 너랑 비슷한데?"

그의 말에 미오라 불리는 여검사의 시선이 무혜에게 향했다. 그러나 잠시였다. 다시 전방을 주시, 비천대를 응시했다.

마치 경계라도 하듯이 말이다.

미오라 불린 여검사의 재미없는 반응에 위석호는 다시 웃었다.

"그럼… 나는 이만 가도록 하지. 아, 혹시 말 좀 얻을 수 있을까? 되도록 강한 놈으로 두 필 정도면 좋겠는데."

"구해드리지요."

"후후, 부탁하지."

그리고 위석호가 걸음을 떼려는 찰나, 바르르 떨리는 목소리가 끼어들어 위석호의 발걸음을 멈췄다.

"어디로… 어디로 가시나요?"

"……."

위석호의 시선이 구석으로 향했다.

그곳에는 가녀린 체구에, 단아하지만 눈두덩이가 퉁퉁 부은 여인이 있었다.

려…….

그녀였다.

"왜 묻지?"

"그곳으로 가고자 합니다……."

"음… 비천객과 관계는?"

"제가 사모하는 분입니다……."

"사모하는 분이라… 후후. 그렇다면 떼어놓을 수 없지. 미오, 가능할까?"

위석호의 질문에 은발의 여인, 미오가 고개를 저었다.

불가능하다는 뜻이다.

그러자 다급히 려가 다시 입을 열었다.

"제가! 제가 찾아갈게요… 위치만, 위치만 말해주세요……."

울지 않으려고 필사적으로 참으며 나온 말.

그에 위석호는 가만히 그녀를 바라봤다.

"애절하군. 좋아, 알려주지."

"……."

뚝. 뚝.

뚝.

눈물은 결국 떨어졌다.

그 눈물과 함께 위석호가 다시 입을 열었다.

"절강의 주산군도. 그곳의 보타산이다."

절강성 주산군도, 보타산.

려가 고개를 급격히 끄덕였다.

알았다는 뜻이었다.

"그럼… 아, 거기 소저는 아까 말한 구명단을 내게 주지 않겠나? 꼬맹이한테 받아온 것도 있지만 혹시 몰라서 그러는데 말이야."

"여기 있어요."

위석호의 말에 단문영은 말없이 품에서 주머니 하나를 꺼내 던졌다.

탁 소리 나게 그걸 잡은 위석호는 무린의 막사를 벗어났다.

"그럼 준비가 끝나면 불러라."

그 말과 함께 위석호도, 은발의 여인도 나갔다.

둘이 나가자 무린의 처소는 빠르게 적막이라는 놈이 찾아왔다. 너무나 급소고도로 찾아와 장악했다.

아무도 말을 하지 않는다.

하지만 전부다 공통적으로 한 가지 예기를 뿜어낸다. 무린이 이렇게 될 동안 자신들은 뭘 했나.

아무것도 못했다.

그것에 대한 분노까지 섞여 있었다.

분노.

무린을 이렇게 만든 북원에 대한 분노.

"군사……."

"네."

백면이 불렀고, 무혜가 대답했다.

"군사를 믿고 있소……."

"조만간… 판을 만들어드리지요."

이 분노를, 이 원한을.

찢어지는 패배감, 사무치는 죄책감을, 뼛속 깊이 각인되려고 하는 무력감을 털어 날려버릴 만한, 거대한 판을.

무혜의 두 눈동자가 너무나 깊은 한을 품었다.

이 한을 풀 방법은 이제 하나밖에 없었다.

피.

북원의… 피.

그 하나밖에 없었다.

혈채는, 혈채로 받는다.

복수를 갚을, 원한을 지울 정석 중에 정석이다.

*   *   *

"모든 준비가 끝났습니다."

차갑고, 무거운 목소리가 막사를 휘감았다.

무혜의 목소리였다.

그리고 그런 무혜의 말에 비천대는 정말… 일반인도 피부로 느낄 수 있을 정도의 분노를 피웠다.

사 일이 지났다.

무린이 끔찍하게 다치고 온지 사 일.

이 사 일 동안 정말 많은 일들이 있었다.

위석호는 그날 밤 무린을 업고 사라졌다. 미오란 여인도 마찬가지. 대체 어떻게 사라진 건지 의문이 들었으나, 깊게 파고들지 않았다.

방법이 있었으니 자신 있게 서신을 전했을 것이라 생각했다.

모든 비천대가 궁금해 했으나 깊게 파고들지는 않은 것이다. 단지 소향이라는 존재를 믿기로 한 것이다.

그리고 그날부터 사 일이 지난 지금, 길림성에 모든 준비가 끝났다. 전보다 더 작업속도를 올려 결국 모든 준비를 마친 지금, 무혜는 조장들을 소집했고, 지금 이 자리가 만들어졌다.

"후후, 남은 것은 기다리는 것뿐이오?"

"네, 하지만 그냥 성문을 내어주면 안 됩니다."

"너무 어려워도 의심하지만, 너무 쉬워도 의심한다… 이건가?"

"맞습니다. 최소 한두 차례 공성전을 더 방어해야 합니다."

"으음……."

한두 차례 공성전을 막는다.

말이야 그냥 공성전을 막는다지만, 이건 피를 흘려야 한다는 뜻이었다. 그 어떤 전투도 피해 없이 치를 수는 없는 법이기 때문이다.

"그러나 반대로 우챠이가 전면에 나선다면… 한번에도 가능합니다."

"즉시 성문을 부수겠군. 대주가 우챠이와 싸웠던 곳은 남문 쪽이었지. 그러면 아직도 그곳에서 치료를 받고 있겠군."

"확신은 못합니다. 그러길 바라야겠지요."

무혜도 그러길 바랐다.

만약 우챠이가 깨어난다면?

열화와 같은 분노를 느낄 것이다.

다 잡은 무린, 비천객을 눈앞에서 놓쳤기 때문이다. 거기다가 자신을 기절까지 시켜놓고. 그러니 분명 분노할 것이고, 즉시 날뛸 것이다.

그 장소가 남문이 되어준다면 바랄 것이 없다.

그렇게만 되어준다면… 지옥으로 초대하는 것도 무리가 아니다.

근데, 원하면 이루어진다 했던가?

한을 풀기 위해 빌었더니, 들어줬다.

"군사님!"

"무슨 일이죠?"

"북원군이 움직입니다!"

반짝.

무혜의 기세가 대번에 변했다.

동시에 비천대도 변했다.

순식간에 전투의지가 상승하더니, 끝없이 솟구쳤다.

"어디죠?"

기대감이 찬 목소리.

"남문, 남문입니다! 선두에 적장 우챠이까지 확인했습니다!"

"그런가요."

비천대원의 말에 무혜가 웃으며 대답했다.

이렇게 원하던 데로 상황이 움직이다니, 정말 감사하기가 이를 데가 없었다. 준비가 끝났다고 했다.

그러니 망설일 것도 없었다.

"갑니다."

즉시 자리에서 일어난 무혜가 앞장서 걷기 시작했다. 재미있게도 그 뒤를 백면을 위시한 비천대가 따랐다.

선두는 원래 대장의 자리인 법.

본래라면 백면과 남궁유청이 서야 했으나, 오늘만큼은 무혜가 앞장섰다.

성벽까지는 금방이었다.

애초에 지휘막사 자체가 남서문 근처에 있었다. 여기서 작업을 하는 만큼 가까운 곳에 설치한 것이다.

성벽위로 올라가자 확실히, 무혜의 육안으로도 확인이 가능한 괴물이 보였다. 시꺼먼 천으로 온몸을 칭칭 감은 괴물.

누군지 말할 것도 없었다.

우챠이였다.

성문에서 약 이백 보 정도 떨어진 거리에 서 있는 그는 비천대와 똑같은 부류의 감정을 쏟아내고 있었다.

바로, 하늘도 덮어버릴 거대한 분노였다.

자신의 싸움이 다른 누군가에 의해 더럽혀졌다 생각하는 게 분명했다. 그러니 아직 정상은커녕 겨우 거동만 가능한 몸으로 이렇게 나온 것이다.

그의 대화를 나눠본 사람은 무린이 유일, 만약 무린이 있었다면 정말 우챠이, 소전신답다고 했을 것이다.

"적이지만, 정말 기가 질리게 하는군."

"동감이야… 킬킬."

제종의 말에, 갈충이 화답했다.

정말 괴물, 소전신보다는 괴물이라는 단어가 딱 와 닿는다. 박살 날 대로 박살 난 몸을 이끌고 다시금 대지에 섰다.

분노, 그 하나 때문에 말이다.

아마 지금도 찢어지는 통증을 느끼고 서 있을 것이다.

무린에게 당한 부상은 결코 하루 이틀로 치유될 만한 것들이 분명이 아니었는데도 이렇게 서 있다는 건… 제아무리 비천대라도 기가 질릴 수밖에 없었다.

하지만.

원하던 바가 아닌가?

기가 질리는 건 기가 질리는 거다. 하지만 분노라는 이름 아래, 그러한 감정은 순식간에 삭제되어 버렸다.

"와라……."

누군가가 소망을 담아 그렇게 중얼거렸다.

그 소망에 화답하는 우챠이.

크아아아!

거대한 함성을 내지르면서 거침없이 질주.

반쪽의 날밖에 없는 대부를 남문에 그대로 때려 박았다.

쾅……!

쾅! 쾅……!

대지가 흔들렸다.

무지막지한 내력으로 성문을 때리는 우챠이 때문에 성벽 위에 있던 무혜는 중심을 잡지 못하고 흔들렸다.

그러나 당황하는 기색은 아니었다.

오히려 별빛처럼 반짝였다.

"시작하세요."

차가운 미소와 함께 나온 그 말.

작전의 시작을 알리는 그 말이 무혜의 입에서 나왔을 때, 비천대는 웃었다. 너무나 서늘하게.

第百十三章

대폭발(大爆發)

귀환병사

우직!

쩌저저적……!

몇 번이나 때렸을까?

우챠이의 성난 공격에… 아니, 광분에 성문이 비명을 질렀다. 동시에 뒤에서 걸어 놓은 빗장에도 금이 가기 시작했다.

어마어마한 힘이었다.

크아아아!

분노에 찬 우챠이의 외침이 들렸다.

"일계, 시작합니다."

그 외침을 듣고 무혜가 명령을 내렸다.

무혜의 말에 곧바로 반응한 사람은 역시 관평이었다. 그가 손에 든 깃발을 번쩍 들어 올리자 곧바로 성벽에서 반응이 나타났다.

푸른 천을 머리나 팔에 묶고 있던 일련의 무리가 계단을 타고 썰물처럼 빠져나갔다. 무혜의 일계, 바로 후퇴다.

이들은 이제 약속된 퇴각로를 타고 길림성을 빠져나갈 것이다. 그렇다고 이들의 역할이 끝난 것은 아니었다.

수로연맹의 무사들은 나가서 할 일이 분명히 있었다.

바로 비천대 전부의 후퇴를 다시 책임져야 했다.

오백에 달하던 수로연맹의 무사들이 성벽에서 빠지는 데는 촌각도 걸리지 않았다. 이런 일에 대비해 훈련에 훈련을 거듭시킨 탓이었다.

두드드드드.

수로연맹의 무사가 빠지는 가운데,

"오는군."

시꺼먼, 정말 시꺼먼 떼가 몰려오기 시작했다. 작정을 했는지 전군이 움직이는 것 같았다. 우챠이가 성문을 박살 내는 순간을 노리는지 진형을 송곳을 연상시키는 추형진을 유지하고 있었다.

길림성의 성문은 넓으니 순식간에 천단위의 병력이 통과
하리라.

"백면부대주님."

"갖다오지. 김연호, 연경."

"네!"

"네!"

가면 속 백면의 눈동자가 빛났다.

무혜의 말이 끝나는 즉시, 백면이 성벽에서 모습을 감췄다.
동시에 김연호와 연경도 바람처럼 사라졌다. 백면, 그리고 김
연호와 연경이 맡은 임무는 따로 있었다.

바로 성문을 박살 내고 난입할 우챠이를 잠시간 막는 게 백
면의 임무였다. 그리고 김연호와 연경은 백면이 시간을 끌고
후퇴할 때 보조하는 역할을 맡았다.

시선을 잠시 잡아끌어 틈을 만들고, 전마를 보내 후퇴에 속
도를 올려주는 역할 말이다.

쾅……!

쾅……!

그러는 사이에도 우챠이는 정말 미친놈처럼 성문을 후려
치고 있었다. 하나 다행이라면 지금 우챠이가 정상이 아니라
는 점이었다.

만약 무린과 싸우지 않았다면 지금쯤이면 벌써 성문을 걸레짝처럼 찢어발겼을 것이다. 완전한 내력, 신체의 우챠이라면 충분히 그럴 힘이 있었다.

쾅……!

계속해서 들리는 폭음.

그러나 무혜는 벽을 짚고 서서 꼼짝도 하지 않았다. 어차피 성문이 뚫려도 백면이 막아줄 것이다.

그러니 신경 쓸 필요가 없었다.

그럼 무혜가 신경 쓰는 곳은?

전방이다.

대지를 뒤흔들며 거침없이 돌격해오는 북원군에 고정되어 있었다.

그냥 도망칠 수는 없었다. 아무것도 안 하고 도망치면 혹시 모를 적의 의심을 유발시킬 수 있으니, 저항하는 모습을 보여 줘야 했다.

그것도 필사적으로.

"관평 조장님."

무혜가 조용히 입을 열었다.

물론, 눈동자는 이글이글 불타고 있었다.

시작이다.

이제 시작된 것이다.

속을 찢어발기고 있는 원한과, 복수를 풀 작전이 말이다.

그런 무혜의 말을 들은 관평도 무혜와 똑같은 눈으로 빛냈다.

"네, 비천대! 청연군 준비!"

깃발이 번쩍!

하늘 높이 올라갔다.

그러자 비천대는 성벽 위에 쌓아놓은 단창을 쥐었다. 반대로 청연군은 활에 화살을 먹이고, 시위를 팽팽하게 잡아당겼다.

수백의 청연군이 시위를 당기자 까드드드득! 귀를 자극하는 소리가 들렸다.

그러나 왜일까?

그 소리가 시원하게 들리는 이유는?

다가온다.

쾅!

콰앙……!

쩌적!

우챠이가 성문을 부쉈다.

크아아아……!

괴성을 내지르는 우챠이.

동시에 백면이 공격을 했는지, 쩡……! 하고 공기가 터지는 소리가 들렸다. 동시에 무혜가 외쳤다.

"공격!"

작고 여린 체구에서 나온 무혜의 명령은, 성벽의 모든 이에게 전달됐다.

"전원 공격……!"

관평이 한 번 더 명령을 내렸지만 그 소리는 이미 시작된 비천대와 청연군의 공격 소리에 파묻히고 말았다.

순식간에 하늘을 가득매우는 단창과 화살들.

그러나 넓게 퍼져나가지 않고, 한곳으로 집중적으로 떨어지기 시작했다.

그 목표는 두드드드드! 선두에서 질주하고 있는 우챠이의 친위대였다.

다르다.

기세가 남달랐다.

그러니 모든 공격이 집중된 것이다.

저도 모르게 자극을 받아서 말이다.

"공격!"

"전부 비워! 하나도 남기지 말고 전부 쏴라!"

성벽에는 많은 수의 화살과 단창을 올려냈다.

두드드드!

친위대의 돌격은 거침없었다.

그러나 비천대의 공격도 만만치 않았다.

하나같이 내력을 우겨넣어 던졌다.

거기다가 하늘에서 떨어지니, 그 중력의 힘을 받아 파괴력은 가일층 상승했다. 퍽! 퍼버버벅! 깡! 탕!

저마다 다른 의미를 내포한 파열음들이 울렸다.

쳐내지 못하고 죽는 자.

쳐내고 그대로 질주하는 자를 나누는 파열음이었다.

"공격! 공격……!"

"망설이지 마! 정조준도 필요 없어! 그냥 대충 갈겨! 있는 건 전부 써야 된다!"

제종과 갈충이 본인들도 정신없이 쏴 보내면서 소리쳤다.

그에 점점 빨라지는 공격들.

무지막지한 속도였다.

하지만 반대로 우챠이의 친위대 역시 가속도가 붙었는지 성문으로 접근하는 속도가 가히 바람에 비견될 만했다.

그걸 보고 있는 무혜.

이제 슬슬… 빠질 시간이다.

무혜는 자신이 생각한 선을 친위대가 넘는 즉시 입을 열었다.

"관 조장님. 이계 시작합니다."

"네! 이계, 이계를 시작한다!"

쩌렁!

관평의 손에서 다시 깃발이 춤을 췄다.

그에 비천대는 물론 청연군의 공격이 우뚝 멈췄다. 이미 이 계에 대해서는 충분히 숙지해놓은 상태.

급히 무기를 회수한 청연군이 먼저 계단을 내려갔다. 수로연맹과 마찬가지로 썰물이 빠져나가는 것처럼 질서정연했다.

청연군이 빠져나간 다음은 성벽에 쌓아놓은 단창을 모조리 날려버린 비천대가 빠져나갔다. 지금부터는 시간 싸움이었다.

무공을 모르는 무혜는 남궁유청의 품에 안겨있었다.

그녀는 떠날 수 없다.

최후의 최후까지 이 작전을 진두지휘해야 하기 때문이다.

모든 작전을 비천대 조장들이 숙지했지만 상황을 보는 눈, 돌발 상황에서의 대처는 무혜가 있어야 하기 때문이다.

그래서 떠나라는 남궁유청과 비천대 조장들의 말에도 무혜는 고개를 저었다.

남궁유청의 품에 안겨 계단을 내려와 첫 번째 목적지에 도착했을 때 무혜가 입을 열었다.

"백면부대주의 후퇴를."

"그러마."

삐이이이익……!

한 팔로 무혜를 안고, 다른 한 팔을 들어 아랫입술을 잡는 남궁유청. 이내 그의 입에서 날카로운 피리 소리가 들렸다.

다만 그냥 소리는 아니었다.

그 소리에 내력이 실렸는지, 웅웅 진동하면서 길림성의 천지사방을 울렸다. 미리 사전에 약속된 소리이고, 이 소리는 분명 백면의 귀에도 도달했을 것이다.

거리도 이곳에서 백면의 경공기준으로 반각이 조금밖에 넘지 않으니 충분히 도달했을 것이다.

"관 조장님."

"네!"

"삼계, 청연군 소거합니다."

"네!"

관평이 등에 매고 있던 활을 풀어 허리춤에 몇 발 없던 화살을 먹였다. 화살대에는 구멍이 송송 나 있었다.

신호용 명적(鳴鏑)이었다.

촉이 없으면 효시(嚆矢)라 불리지만 촉이 있는 걸로 보아 명적이 분명했다.

관평은 곧바로 그걸 하늘 높이 쏘아 보냈다.

삐이이이이이이!

두 번째 피리 소리다.

그러나 첫 번째와는 좀 더 다른, 고막을 거칠게 자극하는 소리였다. 이 소리가 사전에 약속된 청연군의 퇴각신호였다.

이제 청연군은 뒤도 돌아보지 않고 무린이 들어왔던 굴을 통해 퇴각할 것이다. 그리고 수로연맹과 합류, 마지막 비천대를 기다릴 것이다.

쾅!

콰과곽!

터지고 깨지는 소리가 들렸다.

흐아아아아!

사자후? 지독히 거친 함성이었다.

무혜는 이게 무슨 소린지 즉각 깨달았다.

이 또한 사전에 약속된, 퇴각을 시작하면 백면이 보내는 수신호였다.

단박에 도망칠 수 없으니 이런 신호와 함께 도망치기로 사전에 약속을 해뒀다.

그 소리에 무혜가 곧바로 입을 열었다.

"사계, 비천대 전원 상마. 적을 유인합니다."

"네! 비천대 상마!"

비천대가 바람처럼 각자의 전마에 올라탔다. 동시에 남궁
유청도 올라섰다. 그리고 손을 뻗어 무혜의 손을 잡고, 그대
로 끌어 당겨 자신의 앞에 앉혔다.

"출발!"

"출발! 비천대, 나를 따라 이동한다!"

무혜의 말을 받고, 관평이 명령을 내렸다.

말과 동시에 출발하는 관평의 행동에 비천대도 곧바로 뒤
따랐다.

거침없이 질주하기 시작하는 비천대.

동시에 남궁유청은 대열을 가로질러 선두에 섰다. 물론 그
행동에 무혜도 가장 선두에 서게 됐다.

두드드드드!

비천대가 그동안 무혜의 지휘아래 쳐놓은 벽을 따라 질주
했다. 벽에는 각종 쇠꼬챙이 같은 게 가득 박혀 있었다.

땅을 파서 박았기에 단단했고, 높게 쌓아올렸기 때문에 말
을 타고 절대 뛰어넘는 건 불가능했다.

딱 보면 알 수 있듯이, 이건 남문으로 들어와 서문 쪽으로
적을 유인하기 위한 미로와도 같았다.

선회하는 부분이 나왔다.

두드드드드!

부드럽게 그곳을 선회해 서문 쪽으로 내달리자 어느새 대열의 뒤로 백면과 김연호, 연경이 따라 붙었다.

"잘 따라 붙었군."

그리고 그걸 남궁유청이 무혜에게 전달했다.

그 소리를 듣고 난 무혜는.

'순조롭다.'

딱 이 생각이 떠올랐다.

더없이 부드럽게 상황이 흘러가고 있었다.

"적장은 따라옵니까?"

"기파가 그대로 느껴지네. 분명 따라오고 있음이야."

"그렇습니까."

무혜의 눈이… 또 다시 시리게 빛났다.

휙휙 지나가는 사물의 전경을 보고 무혜는 현 위치를 파악했다.

'조금 더!'

아직, 아직이었다.

아직 더 가야했다.

두드드드드!

"거리! 거리 유지합니다!"

"네!"

무혜의 외침에 바로 옆에 있던 관평이 이번에도 즉각 반응했다.

깃발이 올라간다. 그리고 원을 그리고 한 바퀴 빙글 돌았다.

동시에 관평이 전마를 제어해 속도를 살짝 늦췄다.

그러자 즉각적으로 비천대도 반응과 속도를 늦췄다.

이 행동에 몇 십장 가까이 나던 비천대 후미와 우챠이가 선두에 선 친위대의 속도는 무시무시하게 줄어들었다.

크아아아······!

분노, 세상을 지워버릴 분노가 가득 찬 외침.

누군지 볼 것도 없었다.

우챠이리라.

그러나 그런 고함에 비천대 누구도 겁을 먹지 않았다. 다만, 긴장은 하고 있었다.

이건 한 번만 삐끗하는 순간 모든 것이 수포로 돌아가기 때문이다.

'아직, 아직······!'

왜 이렇게도 긴지, 사물의 휙휙 지나가는 게 마치 영원처럼 느려져서 지나가는 것 같았다. 보일 때가 됐는데, 이제 나올 때가 됐는데.

그런 생각들이 무혜의 속을 새까맣게 태우기 시작했다.

그러다가.

붉은 선 하나가 무혜의 동공에 잡혔다가 사라졌다.

'왔다!'

정해놓은 선이 눈에 보였다가 사라지는 것을 확인한 무혜. 눈도 뜨기 어렵고, 입조차 열기 힘들건만 그녀는 사력을 다해 소리쳤다.

"도착!"

비명과도 같은 외침.

그에 다시 관평이 반응했다.

펄럭!

깃발이 하늘 높이 올라갔다가, 다시 전방을 향해 쫙 가리켜졌다.

그것은 수신호. 이 작전의 대비를 장식하기 위한 수신호였다.

두드드드드!

마예가 척박한 사막에서 단련하고, 또 단련한 전마들이 드디어 마지막 젖 먹던 힘을 쥐어짜내기 시작했다.

좁혀지던 거리가 멈추더니 이내 조금씩, 아주 거리를 벌리기 시작했다.

잠시 속도를 늦출 때 쟁여놓은 마지막 힘을 끌어 쓰기 시작한 것이다.

전마들도 아는 것 같았다.

일촉즉발의 상황이니, 마지막 힘을 쥐어짜내야 한다는 것을.

두드드드드!

거리는 유지!

그때.

'왔다!'

주먹 크기의 원. 붉은 염료로 바닥에 칠해놓은 원 십수 개가 가장 앞에 달리던 무혜의 눈에 보였다. 그리고 그 원을 밟지 말라고 세워놓은 낮은 장막.

슈아악!

비천(飛天).

난다는 뜻 아닌가.

비천대가 하늘 높이 뛰어올랐다.

선두가 뛰어오르자 줄줄이 하늘을 날기 시작했다.

사람 하나 태우고 만장단애라도 건널 기세로 넘어버리는 상황.

'넘었어! 하나, 둘, 셋, 넷! 다섯! 여섯! 일곱! 여덟! 아홉! 열……!'

속으로 숫자를 세는 무혜.

절대 빠르지 않게, 하지만 반대로 결코 느리지 않게.

무혜는 속으로 촌각을 셌다.

그리고······.

"스물!"

무혜의 비명.

동시에 남궁유청이 얼굴을 들어 하늘을 노려본다. 입이 열리고, 막대한 내력을 실어 한 사람을 부른다.

백면······!

그리고 그에 화답하듯이.

크하하하하······!

백면의 짙은 패기가 가득 찬 울음이 들렸다.

가장 후미에 있던 백면, 제종, 마예, 태산, 윤복, 김연호, 연경, 그리고 장팔이 달리던 그대로 상체만 뒤틀어 각자의 병장기를 들었다.

호명한 이들은 전부··· 내력의 발출이 가능한 이들.

각양각색.

각자의 성향, 배운 공부의 성향에 맞는 내력의 줄기들이 좀 전에 타넘은 장막을 향해 쏘아졌다.

왜?

왜 그곳에?

그래야 하기 때문이다.

그곳에… 심어놨기 때문이다.

막고 자시고 할 것도 없이 그들이 쏘아낸 일격들이 장막을 그대로 부수고 지면에 처박혔다. 개중에는 붉은 원을 강타한 내력들도 많았다.

사실, 한 발만이 필요했다.

왜냐고?

그곳에… 빼곡하게 심어놨기 때문이다.

쾅!

콰광!

콰과과광……!

지뢰가… 터졌다.

한 발이 터지고, 주변에 있던 것들을 터뜨렸다.

무시무시한 폭음을 내면서 성벽으로, 그리고 높게, 깊게 박아놓은 장벽으로 심어놓은 지뢰들이 연달아 터지기 시작했다.

연쇄폭발.

성벽이 터진다.

서문의 근처부터… 성벽이 터지고, 와르르 무너진다.

미로처럼 엮어놨던 장벽들도 마찬가지.

서로 꽁지를 이어놓아 심었기 때문에… 줄줄이, 줄줄이 터지기 시작했다. 쇠꼬챙이가 비산했다.

넘실거리는 붉은 화염이 그 새빨간 이빨을 드러냈다.

동시에 기름이라도 뿌렸는지, 촘촘하게 붙어있던 건물들로 불길이 순식간에 옮겨 붙었다.

콰과과광!

콰광!

쾅!

콰앙……!

연신 폭음이 울렸다.

대지의 종말이라도 찾아온 것처럼, 성벽이 무너지고, 반대편에서는 화마(火魔)가 성에 난입한 북원군을 덮쳤다.

몇이나 들어왔을까?

모르겠다.

이 정도면 적어도… 몇 천은 들어오지 않았을까? 그들에게 내일은 없을 것이다. 아니, 일각 뒤의 생(生)도 없을 것이다.

도대체 몇 발을 심은 것인지.

폭음은 끊이지 않았다.

비천대는… 멈추지 않았다.

제대로 터졌는지도 확인하지 않았다.

뒤를 돌아보지도 않았다.

그대로, 그대로 달렸다.

그러나 소리로 충분히 알 수 있었다.

선두에 무혜는 그 소리를 듣고 생각했다.

눈물이 글썽이는 눈으로, 수백, 수천을 태워 죽였다는 사실 때문이지 그녀의 눈에는 눈물이 흘렀다.

아찔해지는 머리.

어마어마한 죄책감이 머리를 스쳤나?

온몸을 엄습했나?

아니면 정신력의 한계에 도달했나?

그녀의 의식은 점차 흐려져 갔다.

두둑, 둑.

뚝.

동아줄이 끊어지듯 완연한 소리를 내며 완전히 끊기는 의식. 하지만 마지막으로 흘러나온 한마디는 지독한 저주.

다… 죽어버려.

약 반세기 동안… 지도상에서 길림성을 지워버린 진무혜
가 그날 떠올린 마지막 생각이고, 끝으로 내뱉은 말이었다.

혼절한 그녀는 울면서, 웃고 있었다.

『귀환병사』13권에 계속…

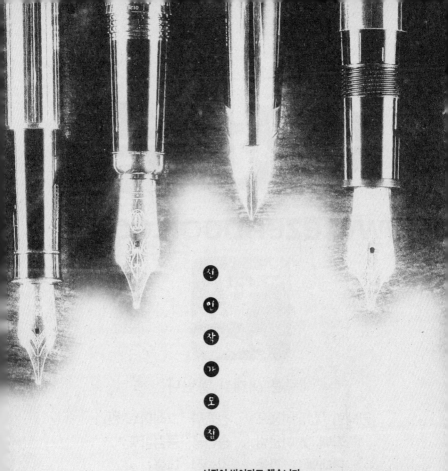

신인작가모집

**시작이 반이라고 했습니다.
작가의 길에 대한 보이지 않는 벽을 과감히 깨뜨리십시오!
청어람은 작가 지망생 여러분들의
멋진 방향타가 되어드리겠습니다.**

저희 도서출판 청어람에서는
소설 신인 작가분들을 모집합니다.
판타지와 무협을 사랑하시는 분들의 많은 참여를 바랍니다.
소정의 원고(A4용지 150매)를 메일이나 우편으로 보내주시면
검토 후 출판 여부를 알려드리겠습니다.

주소:경기도 부천시 원미구 심곡2동 163-2 서경B/D 2F 우편번호 420-822
TEL:032-656-4452 · **FAX**:032-656-4453
http://www.chungeoram.com
e-mail:chungeoram@chungeoram.com

용병귀환
유왕 판타지 장편 소설

**수십 년 전, 용병왕의 등장으로 생겨난
왕국과 용병의 세계.
평소엔 한없이 가볍지만 화나면 누구보다 무서운,
놀고먹고 싶은 그가 돌아왔다!**

하지만 바람과는 달리 과거 그의 앙숙과 대륙의 판도는
도저히 그를 놓아주질 않는데……

"용병은 그냥, 돈 받고 칼을 빌려주는 놈들이니까."

그의 용병 철학은 단순했다.

"물론, 누구에게 빌려주느냐가 문제겠지?"

Book Publishing CHUNGEORAM

유행이 아닌 자유추구
WWW.chungeoram.com

도시의 주인

말리브 장편 소설
FUSION FANTASTIC STORY

말리브 작가의 신작 현대 판타지!

죽기 위해 오른 히말라야.
그러나, 죽음의 끝에 기연을 만나다!

『도시의 주인』

**다시 한 번 주어진 운명.
이제까지의 과거는 없다!**

소중한 이를 위해! 정의를 외친다!

Book Publishing CHUNGEORAM

유행이 아닌 자유추구 -
WWW.chungeoram.com